南京大學域外漢籍研究所專刊
國家『雙一流』擬建設學科『南京大學中國語言文學藝術』資助項目
江蘇高校優勢學科建設工程『南京大學中國語言文學』資助項目
江蘇省2011協同創新中心『中國文學與東亞文明中心』資助項目

日本世說學文獻序錄

張伯偉 著

鳳凰出版社

圖書在版編目（CIP）數據

日本世説學文獻序録 / 張伯偉著. -- 南京 : 鳳凰出版社, 2021.6（2022.5重印）
ISBN 978-7-5506-3411-4

Ⅰ. ①日… Ⅱ. ①張… Ⅲ. ①《世説新語》—小説研究—日本 Ⅳ. ①I207.419

中國版本圖書館CIP數據核字(2021)第054451號

書　　名	日本世説學文獻序録
著　　者	張伯偉
責任編輯	吴　瓊
裝幀設計	徐　慧
出版發行	鳳凰出版社(原江蘇古籍出版社) 發行部電話025-83223462
出版社地址	江蘇省南京市中央路165號,郵編:210009
照　　排	南京凱建文化發展有限公司
印　　刷	蘇州市越洋印刷有限公司 江蘇省蘇州市吴中區南官渡路20號,郵編:215104
開　　本	850毫米×1168毫米　1/32
印　　張	8.75
字　　數	181千字
版　　次	2021年6月第1版
印　　次	2022年5月第2次印刷
標準書號	ISBN 978-7-5506-3411-4
定　　價	78.00圓

(本書凡印裝錯誤可向承印廠調换,電話:0512-68180788)

目次

現存文獻

注釋

輯佚

考訂

仿作

和刻

未見

存目文獻

注釋

考訂

仿作

現存文獻

注釋

一、岡白駒《世説新語補觿》二卷

【著録】

《新增書籍目録》《書籍目録作者寄》（通稱《仙鶴堂書目》）、《典籍作者便覽》《日本諸家人物誌》《近代著述目録》《德川時代出版者出版物集覽》《享保以後江户出版書目》《國書總目録》《古典籍總合目録》《江户漢學書目》

岡田白駒（一六九二—一七六七），名白駒，字千里，小字太仲，通稱彌太郎，號龍洲（江户時代慕華之風甚盛，人多以『岡白駒』或『岡千里』稱之），播磨（今日本兵庫縣）人。生於元禄五年，殁於明和四年，享年七十六歲。少微賤，以販賣金絲烟爲生。後遷移攝津（今兵庫縣與大阪府交接之地），以醫爲業。再後學儒，通經典注疏之學。晚年爲肥前（今佐賀縣）蓮池侯儒臣，徵掌文教。除《世説新語補觿》外，另著有《詩經毛傳補義》十二卷、《論語徵批》一卷、《孟子解》十四卷、《孔子家語補注》十卷、《書經二典解》二卷、《左傳觿》十卷、《史記觿》十卷、《明律譯注》九卷、《皇朝儒臣傳》（一名《日本儒林傳》）四卷、《唐話纂要》六卷、《助字譯通》三卷、《治國修身録》二卷、《雜纂譯解》四卷、《世説海潮音》四卷、《本與録》二卷、《蒙求箋注》三卷、《譯準開口新語》一卷、《政字説》一卷等，又有《小説奇言》五卷、《小説精言》五卷，與其門人澤田一齋（一七〇一—一七八二）所撰《小説粹言》五卷合爲『小説三言』。

王世貞《世説新語補》成書後傳入日本，於江户時代頗爲風行，不僅多有翻刻，且注釋本衆多。岡白駒此書，則爲諸注本之嚆矢。白駒另有《世説海潮音》四卷，已佚，不知其面目及與《補觿》關係如何。

所謂『觿』，以朱熹之解，乃『錐也，以象骨爲之，所以解結』（《詩集傳》卷三《衛風·芄蘭》），以此命名即針對《世説補》解釋其難義。此書刊行於寬延二年（一七四九），凡二卷。其所釋者，有正文，有注文。涉及人名、物名、語詞、讀音、典故、史實以及疏釋大意等。字裏行間，亦有對中國相關著作及意見之回應。如《德行上》『謝太傅絶重褚公』章『四時之氣亦備』下云：『「天何言哉？四時行焉。」夫行焉，即有分別。劉得其旨矣。』即指劉應登之評：『謂外雖不言，而未嘗中無分別，即陽秋之意。』《賞譽上》『裴令公目夏侯太初』章『江廧』下云：

『據《晉史》從（疑爲「作」之誤）「汪翔」。汪翔與汪洋同，廣大貌。按翔與詳通，詳又與洋通，轉借成義。所謂「甚費解」是也。』即針對王世懋『汪翔亦甚費解』而發，然世懋原意未必如此曲折。亦有駁正者，如《文學中》『郭景純詩云』章『泓崢蕭瑟』下云：『泓，下深也。崢，上切雲貌。蓋言旨趣高深也。劉以爲不成語，何也？』即針對劉辰翁言而發。又《方正》『王文度爲桓公長史時』章『畏桓溫面兵』下云：『王世懋「面」字爲句，是據《晉書》也。在《晉書》則故當爾，《世説》自一義。「面兵」，言其面可畏，語亦奇矣。若悉據《晉書》解，則意味索然。』惟此句究竟斷於何處，前人意見紛歧，此亦可備一説。又《尤悔》『桓公初報破殷荆州』章『道人竺僧傲』下云：『「傲」當作「潛」，屬下句。或以爲僧名，非是。』此更就原文質疑。

自荻生徂徠（一六六六—一七二八）强調唐音學，岡島冠山（一六七四—一七二八）由長崎入京城，推廣通俗文學，有《唐話類纂》《唐話纂要》《唐話便用》《唐譯便覽》等著。白駒爲冠山門人，冠山殁後，白駒稱首。原念齋（一七七四—一八二〇）《先哲叢談》卷七尤表彰其『通小説俗語，名聲藉甚一時』，又引赤松國鸞（一七二一—一八〇一）語云：『足稱名下果無虚士者，唯岡千里一人。』其『鱅』《世説補》，尤重當時口語俗話，乃該書重要特徵之一，並開後世風氣。如《文學中》『殷中軍云康伯未得我牙後慧』章下云：『慧，曉解也。言康伯天性俊拔，纔開口便曉解，非得我齒牙論而後曉解也。』今人劉盼遂云：『按牙後慧所謂齒牙餘論（《南齊書·謝朓傳》），美韓能含其菁華，吐其渣滓也。從來引者多未識此語。』（《世説新語校箋》）實以白駒發明在先。又『殷中軍見佛經云理亦應阿堵上』章下云：『方語，若箇、這箇、兀的曰阿堵。』又『殷中軍嘗至劉尹所』章『作爾馨語』下云：『爾馨，如此也。如馨、寧馨皆同。』又《賞譽下》『謝車騎問謝公』章『阿見子敬』下云：『阿音屋，發語詞，如古詩「家中有阿誰」，《木蘭歌》「阿耶」「阿妹」，王凝妻謝氏云「阿大中郎」是也。後以爲親之之辭。』皆爲其例。此書爲時人所重，其弟子那波魯堂（一七二七—一七八九）批點《世説新語補》，便引用乃師之言（此本今藏關西大學圖書館增田涉文庫，參見增田涉《雜書雜談》）。秦士鉉（一七六一—一八三一）《世説箋本》亦多本其説。平賀房父（一七二一—一七九二）評價此書『是其創造，可謂最難矣』（大江德卿《世説訂正序》引），堪稱平情之論。

大江德卿《世説訂正序》曾云：『事在草昧，多謬其宜也。』故後世糾正、訂補其書者往往有之。又岡白駒好勝心切，故勇於質疑，亦難免自以爲是。如《德行》『王戎云太保居在正始中』章『將無以德掩其言』下云：『豈清言爲盛德所掩乎。』實未釋『將無』一詞，後皆川淇園（一七三五—一八〇七）《世説啓微》云：『將無，言恐有也。』又《言語中》『劉琨雖隔閡寇戎』章『管張之才』下云：『按張當作趙，管仲、趙衰也。』實則『管張』分指管仲、張禄（即范睢）。又《政事》『王安期爲東海郡』章『綱紀推之』下云：『執法推之也。』此處『綱紀』乃官名，即州郡主簿。又《方正下》『桓大司馬詣劉尹』章『可鬥戰求勝』下云：『此暗中其不臣之心也。』桃井源藏（一七二二—一八〇一）《世説新語補考》更正其説云：『言如此地當以文雅相待也，何可以武暴求勝邪？蓋譏桓温無文雅也。《觿》云「此暗中其不臣之心也」，謬矣。』又《品藻下》『郗嘉賓問謝太傅』章『正爾有超拔』下云：『爾，指辭，猶其也。晋人語也。』不知『正爾』爲一詞，未可分别釋之。岡白駒性褊急，又好勝人，如譏諷太宰春臺（一六八〇—一七四七）學問淺陋，深詆服部南郭（一六八三—一七五九）之校刻《蒙求》，撰《孟子解》又抨擊孟子，自以爲是之情溢於言表，故每每引起非議，亦難免受貶過甚者。《先哲叢談》卷七云：『龍州著書甚多……《左傳》《荀子》《史記》《世説》四部「觿」，多謬妄臆説。世乃謂「白駒四孤石栗」。四音「失」，觿此譯「孤石栗」，俗謂過失爲「四孤石栗」。』借『四觿』之名諧日語『過失』（しくじり）之音，可謂『善爲謔兮，不爲虐兮』。

此書有張伯偉編著《日本世説新語注釋集成》（鳳凰出版社二〇一九年版）本。

世說新語補觿卷上

西播　岡白駒著

德行上

趙孝。以父田禾將軍任爲郎。　漢儀注。吏二千石以上。視事滿三歲。得任同產若子一人爲郎。謂之任子。如蘇武以父任爲郎。霍去病任弟光爲郎。是也。○白衣步擔。　漢制。官吏著皂。其給使賤役者著白。谷永傳。擢之皂吏。是官吏著皂也。晉襲其制。陶淵明白衣送酒。亦賤走給使人也。

註大官送供具。　大官署掌供御之膳羞。後世尚食局是也。

梁伯鸞少孤章

註陟彼北芒兮噫云云　芒與邙通。北邙山名。上多塋墓。未央。宮名。○肅宗聞而非之。　非之。以爲非之也。

此書未見著録。

二、釋文雄《世説新語補雞肋》二卷

釋文雄（一七〇〇—一七六三），丹波國（今京都府）桑田郡窪村人，俗姓中西，名文雄，字僧谿、豁然，號無相、尚絅堂主人。十四歲赴京都，入了蓮寺。之後轉至江户（今東京），住傳通院學舍，其地近於紫芝園，遂就太宰春臺（一六八〇—一七四七）學和漢經籍，兼修唐音。有志於《韻鏡》研究，通音韻學。享保十一年（一七二六）春返回京都，住了蓮寺，晚年入住千光寺。享年六十四歲。文雄内外學兼擅，著述亦豐，此書之外，尚有《磨光韻鏡》二卷、《磨光韻鏡後編字庫本圖》二卷、《磨光韻鏡指要録》、《翻切伐柯編》二卷、《磨光韻鏡餘論》三卷、《韻鏡律正》、《廣韻字府》、《古今韻括開合圖》一卷、《三音正譌》二卷、《字彙莊岳音》十二卷、《釋門字統》百卷、《經史莊岳音》一卷、《九弄弁》、《因明入正理論科注》一卷、《專雜甄陶篇》一卷、《非出定後語》、《六合釋纂注》一卷、《和字大觀鈔》二卷、《連歌茶談》五卷等。

就文雄注釋《世説新語補》之學術淵源言，荻生徂徠（一六六六—一七二八）影響其弟子太宰春臺，春臺又影響文雄。徂徠爲其門生木下公達（一六八一—一七五二）所擬《示木公達書目》，即列有《世説新語補》，屬『吾黨學者必須備座右，不可缺一種』之類。蓋此書目乃蘐園派學者所共循，非限於一人。故其門下雖有以服部南郭（一六八三—一七五九）爲首之詩文派、以太宰春臺爲首之經義派之别，然二人皆曾講授《世説補》。文雄爲春臺門人，此書可貴處，首在於保存春臺有關《世説補》之遺説，隱然顯現出其講授系譜。引春臺説者，内容較爲廣泛，不以文字解説爲主，除《企羡》第一章『松喬之在霄漢』下引春臺曰『松喬恐倒』外，其餘多評論人物及其行徑。如《方正上》第十九章『不可以先王法服爲伶人之業』下引曰：『嵇康而有是子乎？』《賢媛》第卅三章下引曰：『如尼所云，二婦人故無優劣，然張氏自是婦人本相。』《任誕》上第六章注『徑往哭之』下引曰：『阮籍母死不哭，而哭其鄰女，非人哉！』《紕漏》第三章『一見便覺有異』下引曰：『育長本以色見愛，故有後日之衰。古人云：以色交者，色衰而交絶。信哉！謝在杭謂晋人大抵色交，豈不有所見乎？』鹿鳴樓藏本《世説新語補》抄録諸人按語、批注，中有太宰春臺説九則，亦可互參（參見稻田篤信《和刻本「世説新語補」の書入三種》，《日本漢文學研究》第八號）。文雄又徵引同門渡邊蒙庵説七則，且在初次徵引時略作説明：『蒙庵渡邊友節，名操，遠州濱松人。』案渡邊生於貞享四年（一六八七），殁於安永四年

（一七七五），享年八十九歲。從學於中野撝謙（一六六七—一七二〇），爲濱松儒醫、藩儒，現存其著述目録不見與《世説新語補》相關者，故此處所存遺説彌足珍貴。文雄此書撰寫時間不詳，據今本大江資衡（玄圃，一七二九—一七九四）跋語：『右《世説雞肋集》二卷，依無相上人之原本謄寫焉，始於丁丑，成於壬午寶曆十二年。』大江爲岡白駒門人，亦奉徂徠學説，且爲當時書法名家。丁丑即寶曆七年（一七五七），抄録一書，無需五年，故頗疑文雄此書始撰於寶曆七年前，殺青於十二年，大江隨成隨抄，故字迹不一。

此前日本人同類著作，僅有岡白駒《世説新語補觿》。白駒好勝人，對太宰春臺出語不敬，故文雄爲此書，貶斥白駒説者不遺餘力。考其書涉及《觿》者凡四十則，除第一、第四十兩則屬客觀引用者外，其餘三十八則皆予駁斥，且語氣峻烈。或云『可笑』，或云『妄也』，乃至『迂解之甚矣』，『拙矣哉』，『不解文理之甚矣』云云，可謂情見乎辭。讀此書者，當祛除其意氣之言。又此書引用他人之説，凡覺未安者，往往以『雄按』或『按』另立其説，共計二十七則，往往是其新解所在，尤堪注意。如《言語》第十『有千里蓴羹，但未下鹽豉耳』下云：『千作十，蓴作蕙，非。未下《晉書》作末下，地名也云。雄按：非也。是但陸誇言也，吴中無羊酪，武子不知蓴，故徒相誇詡耳。言蓴滿千里，作羹則甚美味，喧其羊酪者，似蓴未作羹者，故云末下鹽豉耳。是以色形相似者戲言耳，實豈然乎？蓴羹淡味，何如羊酪美味乎？』此句歷來争議甚多，文雄之釋亦可備一説。又如《賞譽上》第卅五『袁宏作《名士傳》云云』下雄按：『已下蓋臨川自注，後人以爲本文也。言王參軍或有作三參軍之説，故《世説》載二説，今斷之注云云。《名士傳》應前説，趙家有此本者，蓋作三參軍之本也，應後説。《鸝》據《名士傳》而存後説者，妄也。又所謂此本者，謂東海王書者，亦非矣。東海王書出孝標注，不於臨川也，矧東海王書標四人，非三參軍。』堪稱讀書細緻。

全書分乾、坤二卷。坤卷專在字句解釋，上文已略舉其特色。乾卷屬通論，共二十目。『一類書』，列舉書中所涉《世説》類著作六種；『二歷代通覽』，舉朝代帝名，自秦至元；『三字例』，列舉字體俗寫及正誤；『四點例』，例舉其書訓點、讀法（音讀或訓讀）；『五音例』，注釋一百十五字本音及假借音；『六別見』，列舉四十六事分見書中卷數及頁數；『七釋名部備』，計帝子諸王六十四人，浮屠氏二十二人，公卿士庶人數衆多，乃分『宮音』二百六十九人，『商音』二百十二人，『角音』百五十五人，『徵音』二百五十九人，『羽音』八十五人，複姓五十三人，婦女四十三人，共一千一百四十二人，分注其時代、字號、職官等；『八官爵』，列舉諸職官名；『九書目』，列舉書中所援據者，共四百八十餘部；『十佳境』，摘録書中人物精彩語句；『十一山水』，摘録書中描寫山水之句；『十二雪月』，摘録書中與雪月相關之句；『十三松竹』，摘録書中寫松竹之句；『十四楊柳』，摘録書中楊柳描寫；『十五琴棋』，摘録書中有關琴棋之事；『十六酒杯』，摘録書中酒事；『十七馬牛』，摘録書中馬牛之事；『十八飛禽』，摘録書中與飛禽相關事；『十九品目姿操』，摘録書中品評人物用語，分清慎、才學、操行、惆爣、風雅、名聞、姿貌、機辯、悖德、貧陋、童婦；『二十方言』，以文雄之見，『俗語謂之方言，局乎一方，不通萬國者也』，有時代、地域、身份之别，坤卷皆有所釋，又集中於此，以便瀏覽。其未有把握者則特爲注明，如『官爵』下云：『當問於識者正之。』

江户時代頗有著名學問僧，撰述亦多，如獨庵玄光（一六三〇—一六九八）、無著道忠（一六五三—一七四五）、廓門貫徹（？—一七三〇）等，其中既受荻生徂徠影響，又有禪門本身傳統。但在京城緇界，此風不盛。太宰春臺早歲客游平安京（今京都），所見當時俗習，住持寺院者『無慮數百人』，『求其識文字者，僅僅屈指耳，雖謂之無有可矣』，故推許文雄『特異於群輩，寺務之暇，猶以文字爲閑課，尚矣哉』（《復文雄上人書》，《春臺先生文集後稿》卷十四），並爲其《磨光韻鏡》撰序。以此而言，釋文雄可稱京城緇林之翹楚，堪與他方學問僧相頡頏者也。

此書有《日本世説新語注釋集成》本。

世說新語補雞肋卷上

平安　無相　文雄　選

類書

○世說新語　劉宋臨川王劉義慶撰　蕭梁劉孝標註　趙宋劉辰翁點　序題　趙宋董弅　跋跋　趙宋陸游

○語林　裴榮字榮期作　見卷六之六葉　或云裴啓作　見卷十八之廿四葉

○續世說　孔平仲著　卷十七之十九葉載

○晉魏世語　西晉郭頒著　見卷六之十七葉

○何氏語林　明何良俊字元朗撰　序序　明文衡明　明陸師道

○世說新語補　明王世貞字元美撰　明王世懋字敬美批釈　明張文柱字仲立校註　明李贄字卓吾批點

序　王世貞　序　明劉應登　序　明陳文燭字玉叔

序　王世懋　序　明袁褧　跋　明王泰亨

三、桃井白鹿《世説新語補考》二卷

【著録】《大增書籍目録》《典籍作者便覽》《近代著述目録》《漢學者傳記及著述集覽》《德川時代出版者出版物集覽》《享保以後江户出版書目》《國書總目録》《古典籍總合目録》《江户漢學書目》

桃井白鹿（一七二二—一八〇一），石見（今島根縣）安濃郡人，名盛，字茂功、子深，號白鹿、百川。本姓坂根，後出爲桃井東源之養子。入昌平黌，從大學頭林榴岡（一六八一—一七五八）學，學業大進，每至聖堂講解經書。寶曆七年（一七五七）仕松江藩任儒臣，爲藩校文明館教授。享年八十。除此書外，另著《大學獨斷正文》一卷、《大學獨斷或問》一卷、《大學獨斷》一卷、《中庸管窺》二卷、《中庸管窺或問》一卷、《論語一斑》《孟子蠡測》一卷、《荀子遺秉》二卷、《管子抄標注》《揚子法言增注》十卷、《讀禮記》《劉向説苑考》二卷、《書臆》《易經國字解》《典謨臆斷》《白鹿詩文集》等。

據此書自序，桃井氏自少時即好《世説新語補》，時有考證，積案盈箱。中年任松江藩出雲（今島根縣）教授，門人往往私抄流傳。桃井深恐以訛傳訛，遂加以補正，成書二卷，題名《世説新語補考》。書成後携至東都（今東京），寶曆十二年（一七六二）由京師書林刊行。然考其學術淵源，則受林榴岡之影響亦不可輕忽。《世説新語》爲林氏家學，榴岡本人早於寶曆二年即『設許多品題以擬《世説》，名曰《本朝世説》』（《本朝世説序》），桃井從林氏學，好《世説》進而有所考據，亦順理成章之事。

此書作者籍貫及撰寫之所皆在中部地方性區域，由此而産生一特殊意義，即顯示地方學風已受時代趣尚所披。澁井太室（一七二〇—一七八八）嘗比較關東與關西之學異同，謂關東學風『治經者寡，修辭者衆，大抵文章則《軌範》《文範》、明諸家，詩則于鱗所選唐詩、《明七才子絶句解》，史則左氏、司馬，典故則《世説》《蒙求》。具多奇之，鄉談誇之，方伎眩之。相傳曰某精唐詩，某熟《世説》，某嫻于鱗尺牘，進聽其講説，退搜其訓注，童習白紛，以求一語之所出與一字之所據。有不得則不惜時日，不憚行露，必窮而止矣。以此成家，一大異事也』（《讀書會意》卷中）。又云：『古以經立家，今以《世説》《蒙求》、滄溟尺牘、于鱗《唐詩選》、明七才子詩立家。』（同上注）由此可見，《世説新語》乃關東之學尤爲重視之一書，且能以注釋該書而自成一家，無需依賴儒家經典。故桃井成書後，仍需携至江户爲人首肯，並在京都出版，期待傳播四方。其《引》云：『至東都，示諸同志曰：「若得諸賢之劖定，梓以公於世，則於寒鄉乏書、爲妄語兒所欺者，有小補乎？」僉曰：「善。」』其未及完善者，期待他日有所補苴，日後果有《補遺》一卷。

《世説》一書，『文多微辭，語有深意，或用瑣言稗説與當時稱謂，並難以意裁臆決』，而此前評注者，在中國則『芸廬、麟州之徒，間有所發明，不過十之一二』，在日本則有『岡氏摘其難通曉者爲之解，名曰《鵩》。鵩之所以解結也，而有結未解者，又不能無治而棼之』（後藤世鈞《序》）。故桃井此書對劉應登（號耘廬）、王世懋（號麟州）之説，頗有辨析；對岡白駒之書，尤多駁正。惟其文氣較冲和，不似文雄之語多譏刺。

今本分上、下二卷，首有後藤世鈞《序》及自撰《引》，後有中村文輔及那波師曾（一七二七—一七八九）跋，惟那波氏跋文撰於寶曆壬午之秋，此書初刻於壬午三月，則該跋當爲後來印刷時增補。自《德行上》至《賞譽下》爲上卷，自《品藻上》至《仇隟》爲下卷，頗采《漢書》《後漢書》《三國志》《資治通鑑》《文選》諸書之注，以及字書、韻書、文集、筆記等爲之考。其中辨駁文字尤堪注意。涉及岡氏《鵩》者凡一百五十八則，最初徵引全稱『岡白駒《世説新語補鵩》』，其次稱『岡白駒《鵩》』，以下皆簡稱『《鵩》』。如《言語》篇袁宏感歎『江山寥落，居然有萬里之勢』之『居然』，《鵩》解作『高蹲貌』，誠爲誤釋，桃井據《詩經》『居然生子』朱熹注：『居然，猶徒然也。』頗得其情。又如《政事》篇言王導『三捉三治，三休三敗』，向無的解，《觿》云：『三捉三治，謂執政收賢也。周公一沐三捉髮，導相元、明、成三世，故假三捉以言。三休未詳。』桃井考云：『按此本稱王導政務寬恕，能不理事耳，非禮賢請休之謂也。捉，捕人也。《法華經》「窮子驚愕，稱怨大喚：我不相犯，何爲見捉」是也。治，治事之治。休，宥也。《書・呂刑》「雖休勿休」是也。敗，豎儒幾敗乃公之事之敗。蓋言三捕罪人則三宥之，三治事則三敗之也。』亦甚牽强。又如《文學》篇形容二王『輒翣如生母狗馨』，頗爲難解。《觿》云：『翣，摇扇也。生，熟之反。母狗，牝狗也。牝狗善視人面，始來於生家者特甚，故以況焉。馨，晋人以爲語辭。言兩王都無所關，只輒摇扇視人面而已。』桃井考云：『「翣」古與「翜」通，又舉止羞澀也。生，謂不馴熟。蓋言兩王如欲言而不能言，其狀如生母狗也。《觿》讀「翣」爲《少儀》「不翣」之「翣」，似亦通者。然生母狗方視人面，有如欲言而不能言之狀耳，未有摇扇之狀，則終爲不通矣。』其説可參。亦有《觿》本不誤，《考》反誤之者。如《文學》篇殷浩言『康伯未得我牙後慧』，《觿》云『言康伯天性俊拔，纔開口便曉解，非得我齒牙論而後曉解也』。《考》作『按此言康伯頗能清言，然未得我牙後之慧也，味在「牙後」二字』，如此則殷浩之意不在稱美而在微諷，與原本上下文不合。又有《觿》《考》兩誤者，如《言語》篇劉注云『管、張之才』，《觿》以爲『張當作趙，管仲、趙衰也』，《考》以爲『張當作狐，轉寫之誤。管狐謂管仲、狐偃也。《魏略》：劉廙寫劉表牋「未有管狐桓文之烈」』。皆改文釋義。案張即張禄（范雎），秦昭王相，故與管仲（齊桓公相）並稱。然通觀全書，一如中村文輔跋云：『澀險難會，雖古人所不强解者，常比類校證，得通快者亦不寡。』堪爲攻《世説》之一助。其書在後世亦頗有影響，平賀房父《世説新語補索解》、恩田仲任《世説音釋》、秦士鉉《世説箋本》多采其説。

此書有《日本世説新語注釋集成》本。

世說新語補考卷上

出雲教授　桃源藏子潑著

德行上

閔仲叔含菽飲水　志　物理論。菽。衆豆之總名。禮檀弓。啜菽飲水。疏。以菽為粥。漢書貨殖傳。貧者裋褐不完。唅菽飲水

註必是曾講道學來　圜外註李贄所作　謂不曉事也。盖明人識宋儒者作出此語。按周黨貞介。遺以薄物。仲叔尚以為煩受而不食。益見其清操。然李贄以為不食有理遺者可咲是不獨不知周黨。亦不知仲叔也。

趙孝以父田禾將軍任為郎　漢書哀帝紀註。應劭云。任子令者。漢儀注。吏二千石以上。視事滿三年。得任同產若子一人為郎。師古云。任。保也。按蘓武傳。武少以父任兄弟

世說新語補考

四、桃井白鹿《世説新語補考補遺》一卷

【著録】《漢學者傳記及著述集覽》

桃井白鹿，傳見前書序録。

《補考》刻於寶曆十二年（一七六二）三月，《補遺》則刻於寬政三年（一七九一）九月，相去近三十年，可見桃井氏自少至老，篤嗜《世説》。

此書除刊本外，尚有稿本傳世。佐野正巳《松江藩學藝史研究·漢學篇》曾專列一章討論桃井書刊本與稿本之異同，包括《世説新語補考補遺》《揚子法言增注》和《荀子遺秉》。兹據以轉述（個别釋讀之誤則徑改）：《補遺》刊本有而稿本無者僅一則，即《德行上》『李元禮風格秀整』章；兩本有異同處如下：一、刊本《德行下》『王僕射子恢之被召爲秘書郎』章之『秘書有限故有競。再按』，稿本作：『秘書有限故有競。《彙苑詳注》「秘書郎」注曰：晋武帝分秘書圖籍爲甲乙丙丁四部，使秘書郎中四人各掌其一。宋齊尤爲美職，皆爲甲族起家之選。居職例十日

便遷。再按。』刊本『再按』下據杜佑《通典》和馬端臨《文獻通考》，乃針對岡白駒《補觽》『秘書日有限，故有競云云』，既謂岡田所言非無證，又加以辨證云：『王敬弘以爲有競，係限員；張纘固求不徙，係限日，固自不同。』二、刊本《言語上》『孫紹關右之士，亦同意』，稿本作『孫紹關右之士，之能指論世務，亦其志也』。三、刊本《言語中》『謝中郎經曲阿後湖』章下『此語似有所感而發』後，稿本多出以下文字：『袁彦伯爲謝安南司馬章○居然，《文選・張景陽雜詩》：「能□（案：當爲否）居然别。」李善注：尹文子曰：形之與名，居然别□（案：當爲矣）。』又『謝太傅問諸子侄章○玉樹，《尺牘雙魚》：誇奬子孫書云。翁云。』以上兩則皆有對《補考》之『補遺』。末有『翁云』二字，則接至『謝靈運好戴曲柄笠』章『將不畏影者未能忘懷。劉辰翁云』。四、刊本《文學中》『殷中軍雖思慮通長』章下『四本，詳見《文學上》篇「鍾會撰《四本論》」章注』，稿本作『四本，鍾會撰《四本論》，論才性同異合離』。鍾會《四本論》乃『言才性同，才性異，才性合，才性離也』，古注已明，無需贅言。五、刊本《寵禮》『張憑舉孝廉』章『注：用心力之貌』，稿本作『踶跂爲義，《音義》：用心力』，差别不大。

刊本僅一種，固然無差别，但卷尾有墨書『《規箴》下《考補遺》增』一則，末行爲『右拙著一部貽石州某人』，而據佐野正巳所見桃裕行所藏刊本，同樣有墨書一頁，末行爲『右拙著一部貽石州松村子偃』。又有一行文字曰：『子深先生口授曰：「爲《世説》書，以識趣而爲要，此考蓋係一部之意也。」松村喬識。』案松村子偃即松村喬，名恭二郎。據桃井氏手稿本《公私要事》所附《桃白鹿門人録》，中有『寛政九年五月五日，（石州小浜松村世策子）松村恭二郎』。子深爲桃井氏之字，『以識趣爲要』是桃井對《世説》精髓之理解，所謂『此考』即指全書最末手寫之一則，其强調者正在『識趣』。《補遺》中另有一則，亦可與此相參。《言語中》『釋道安俊辨有高才』章下引《石林詩話》云：『舊不解「四海」「彌天」爲何等語，因讀梁惠皎《高僧傳》，載鑿齒與安書云：「不終朝而雨六合者，彌天之雲也；弘淵（源）而潤八極者，四海之流也。」故摘其語以爲戲耳。』由此亦看出『彌天釋道安』與『四海習鑿齒』對語之情趣。

此書既名『補遺』，其兼有對前書之補充修正，蓋題中應有之意。但除此以外，有一新特色值得拈出，即多用白話小説語爲釋。如《言語下》『王荆公作相』章，引《三國演義》第四回、《水滸傳》第四回釋『那得不看祖宗面』；《文學中》『殷中軍爲庾公長史』章，引《水滸傳》第五十一回釋『生母狗』；《品藻上》『明帝問周伯仁』章，引《水滸傳》釋『功夫』；《賢媛》『肅宗宴於宮中』章，引《水滸傳》第六十一回、三十二回釋『將軍樁』；《假譎》『秦會之夫人』章，引《水滸傳》第二十回釋『婆子』；《紕漏》『任育長年少時』章，引《水滸傳》釋『邸下』等。江户時期中國白話小説風行一時，其原因之一即時人以此爲學習漢語口語之途徑。荻生徂徠言及其『華音師友』之一東野藤生云：『其學大氏主《水滸》《西遊》《西廂》《明月》之類耳。』

（《送野生之洛序》，《徂徠集》卷十）雨森芳洲亦云：『我東人欲學唐語，除小説無下手處。』又云：『岡島援之只有《肉蒲團》一本，朝夕念誦，不頃刻歇。他一生唐話從一本《肉蒲團》中來。』（《橘窗茶話》卷上）岡島冠山（援之）乃當時最著名中國語學者，編著《唐話纂要》《唐譯便覽》《唐音和解》《唐音雅俗類語》《唐語便用》等書。桃井氏以白話小説釋《世説》，亦有幫助時人學習漢語之用意。

此書有《日本世説新語注釋集成》本。

世說新語補考補遺

出雲教授　桃源藏子深著

德行上

梁伯鸞少孤章

註　劬勞　或問劬勞字用之于人君身上。有其證乎。曰。有。魏書崔光傳。豈不御念太祖取之艱難。先帝經營劬勞也。又辛雄傳。陛下劬勞日昃之類是也。肅宗者世祖之孫。後漢明主也。勞民於土木。史所不載。故余以爲五噫歌劬勞字係于世祖也。○麥含含　楊愼丹鉛總錄曰。梁鴻傳載鴻詩。麥含含兮方秀。刻本皆如此。執文類聚引之作麥含金。爲是。○擧案　陳繼儒枕譚云。孟光擧案齊眉。說文。案几屬也。用修引張平子何以報之青

五、穗積以貫《世説新語補國字解》五卷

【著録】《書籍目録作者寄》（通稱《仙鶴堂書目》）、《大增書籍目録》《日本諸家人物誌》《近代著述目録》《德川時代出版者出版物集覽》《享保以後江户出版書目》《國書總目録》《古典籍總合目録》《江户漢學書目》

穗積以貫（一六九二—一七六九），名以貫，字伊助，號能改齋，通稱善兵衛，謚遵古。播磨（今兵庫縣）姬路人。父與信（號浄白），木材商兼和算家、韻學者；母乾氏。正德四年（一七一四）入伊藤東涯（一六七〇—一七三六）之門學古學。享保二年（一七一七）移居大坂，開塾授徒，教授儒學、和算、韻學等。又與近松門左衛門親交，參與製作浄琉璃脚本。明和六年殁，享年七十八歲。著作甚豐，多以和文撰寫有關經學、韻學、語法類書，如《韻鏡反切捷徑指南》《文法直裁》二卷、《補解韻鏡》四卷、《文房秘鑰》一卷、《初學文法抄》二卷、《譯文明弁》四卷、《作文明弁》七卷、《文章例則》三卷、《熟字彙雋》十六卷、《故事成語考》十三卷

等。伊藤仁齋（古學先生，一六二七—一七〇五）著《語孟字義》，穗積氏以國字解之，成《經學要字箋》三卷。除《世説新語補國字解》外，以『國字解』命名者尚有《論語國字解》四十三卷、《論語古義國字解》三十九卷、《孟子古義國字解》四十七卷、《詩經國字解》三十五卷、《書經國字解》三十二卷、《周易傳義國字解》六十六卷、《文章軌範國字解》六十三卷、《古文前後集國字解》二十卷、《三體詩國字解》二十四卷、《錦繡段國字解》九卷及《古學先生文集國字解》四十一卷等。

所謂『國字解』，即以日本文字譯解原文。今本共五卷，卷首冠以穗積氏《世説新語補大意》文，以下就王世貞、王世懋《世説新語補序》及『識語』、李卓吾《批點世説新語補凡例十則》一一疏解大意，正文起自《德行上》，終於《言語上》，約佔《世説新語補》全書十分之一。由浪華書肆刊於寶曆十三年（一七六三）癸未三月，且謂『餘卷近日雕刻嗣出』，但終究未見下文。

此前江户時代諸多《世説》注，多疏釋語辭，此書惟注重『大意』，卷首所列穗積氏文，已揭櫫其旨，强調讀書首要『會得其書之大意』。以此書而言，『世説者，當世人好尚之説；新語者，此書所謂之清言』，故其展示者非經生之見，『脱離卑淺之俗，常懷向上一路，具此好眼，熟讀其文，可見此書異於他書之好尚，乃讀新語之關鍵』。《國字解》既翻譯原文，又疏通大意，堪稱首部《世説新語》譯解之著。序文、凡例、正文、注文及李卓吾評點之文（包括圈點符號），皆在譯解範圍之内。以日語爲之，旨在教學普及中華文化。卷首解王世貞序之『嘉靖丙辰』曰：『嘉靖乃明世宗肅帝之年號，丙辰乃嘉靖三十五年，當日本人皇百六代後奈良院弘治二年。』又解王世懋序之『萬曆庚辰秋』曰：『大明神宗皇帝萬曆八年庚辰之秋，當日本正親町院天正八年。』尊華自抑之情顯然。《世説新語補》乃王世貞自何良俊《語林》中選取若干則，彙入劉義慶原書，刻本每冠以『補』字以别之。如《德行上》第一則『閔仲叔』章，《國字解》曰：『此段《世説》本無，王世貞自何氏《語林》摘出。故上方有「補」字。書中凡有「補」字者，皆如此。』其譯解有時綜合原文與注文，如『朱文季與張堪同縣』句，《國字解》曰：『朱氏名暉，字文季，南陽宛人。世有官位，乃衣冠之家。文季早喪父而孤，氣象決斷，有器量之人，與張堪同縣。』即參照注文所引范曄《後漢書》語。同章『補』字上有三聯圈，《國字解》曰：『此段李卓吾於「補」上有〇〇〇，如此批三圈，表示尤爲出色之記號。』惟自卷二始，則不涉李評，僅專注於正文及注文之解。全書偶有校語，如卷首王世貞序『余居恒清宋時經儒先生』云云，校語曰：『「清」當「謂」字之誤，諸版本皆作「清」，今改正之。』此蓋指日本元禄七年（一六九四）甲戌八月林九兵衛刊行本，其誤字甚多，穗積氏所據即元禄本。至安永八年（一七七九）己亥校正改刻本多有更正，此處『清』字已改作『謂』。

此書譯解有待商榷處亦頗多，平賀房父《世説新語補索解》論及此書僅四則，皆叱正之辭。此外如第一則注文末句『必是曾講道學來』，《國字解》曰：『必是曾經講究道家者流之學問，乃好異物之人。』此前注者如釋文雄《世説新語補雞肋》云：『道學，謂老莊。』此固有誤。桃源子深《世説新語補考》云：『謂不曉事也，蓋明人譏宋儒者作出此語。』已更正爲宋代道學家，可謂確解，多爲後人沿用，如高峰東晙《世説解》、近藤君達等《讀世説》、秦士鉉《世説箋本》等。桃源書出版於《國字解》前，而穗積氏未能參考。又《德行上》『華歆遇子弟甚整』章注引《魏略》『時號三人爲一龍，謂歆爲龍頭，（管）寧爲龍腹，（邴）原爲龍尾』，《國字解》作『當時號三人爲一龍，其中華歆第一，爲龍頭；管寧第二，爲龍腹；邴原第三，爲龍尾』，寓高下之意。案三人順序，文獻記載不一，如今本《三國志·魏志》裴注引《魏略》，便作『歆爲龍頭，原爲龍腹，寧爲龍尾』。若與同書下一則『管寧、華歆共園中鋤菜』章參看，則寧恬静寡欲，歆躁進熱衷，顯然優寧而劣歆，似不得謂其稱寓高下之意。洪亮吉《四史發伏》以爲頭腹尾之序『蓋以齒之長幼而定』，不分優劣，可備一説。

又《典籍作者便覽》著録穗積以貫《文法秘鑰》三卷云：『經史子集及俗語，以國字解之。』可知其於俗語亦曾用力，雖此書現存五卷多解大意，少見語辭訓釋，然其唐話功力似不可忽視。

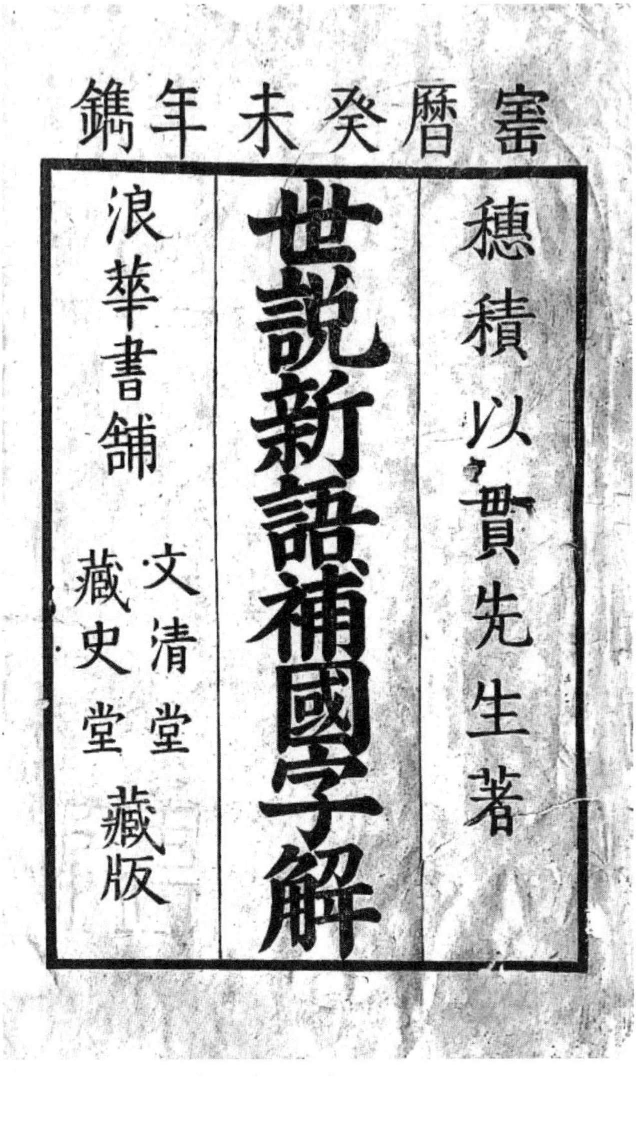

穗積以貫《世説新語補國字解》内封

六、釋大典《世説鈔撮》四卷

【著録】《大增書籍目録》《典籍作者便覽》《近代著述目録》《日本續人物誌》《新纂禪籍目録》《漢學者傳記及著述集覽》《德川時代出版者出版物集覽》《德川時代出版者出版物集覽續編》《享保以後江户出版書目》《國書總目録》《古典籍總合目録》《江户漢學書目》

釋大典（一七一九—一八〇一），近江（今滋賀縣）人，法名顯常，字大典，號梅莊、蕉中、北禪。京都相國寺臨濟宗學僧，出家後廣涉佛乘，又從宇野明霞（一六九八—一七四五）學儒家經典。通經史，善文章。天明元年（一七八一）奉幕府之命赴對馬島。享年八十三歲。著《詩語解》《詩家推敲》《文語解》《皇朝事苑》《初學文談》《昨非集》《北禪文草》《北禪詩草》《唐詩礎續編》等。關於《世説新語補》，大典有著作多種，除《世説鈔撮》四卷外，尚有《世説鈔撮補》二卷、《世説鈔撮集成》十卷、《世説匡謬》二卷。又有《世説人氏世系圖》藏於寺廟，校訂《世説新語補》，今不流傳。

據此書自序，大典對《世説》本有一二箋釋，辛巳（一七六一）夏游浪華（今大阪），住木村世肅（一七三六—一八〇二）家。木村乃富商，好文愛藝，結交廣泛，其『蒹葭堂』爲當時著名文藝沙龍。木村亦喜讀《世説》，『而患其勾棘，未有明解也』（《跋》），大典乃『與講究斯書，『就其簡帙益考證之，併向所箋釋，遂成《鈔撮》四卷』（《序》），時在寶暦十二年壬午（一七六二）仲秋，次年由京都平安書肆刊行。『鈔撮』之意，在此書《品藻下》『鈔撮清悟』注有數義：一謂掇拾，此劉辰翁説；一謂摘録，用劉向《别録》『鈔撮要義』語；一『謂其小也』，用《文心雕龍》語；一謂剪裁。以《世説·品藻》用語視之，『鈔撮』不如『超拔』。此書以『鈔撮』命名，蓋取『謂其小也』之意，『不賢識小』，旨在自謙。

大典爲當時著名詩僧，其詩多用《世説》典故。注釋《世説》，亦多用詩句，且多引詩文評類著作。如《言語上》注『漁陽摻檛』，據《後漢書》本傳李賢注，謂『槌及檛並擊鼓杖也』，又引王僧孺詩『散度《廣陵》音，參寫《漁陽》曲』自注『參，音七紺反』云：『後諸文人多用之。據此詩意，則參曲奏之名，則檛字入於下句，全不成文。』並加辨證云：『余謂僧孺所咏，乃詩家剪裁之辭耳，非分摻檛云爾。其所謂擊鼓之法，即爲曲奏耳。賢説未當。』《豪爽》『滕達道私就狹邪飲』注，引樂府《長安有狹邪行》曰『狹邪不容車』，又引蔣一葵《唐詩選注》：『狹邪，秦中路名，此謂花街柳巷也。』然亦有不必引而强引者，如《言語中》『諸名士共至洛水戲』

引古詩『遊戲宛與洛』，頗無謂；又《文學下》『語槌腳人』下引白居易詩『小奴槌我足，小婢槌我背』，不僅以唐證晋，且無所詮解。案《文學下》『宋文帝嘗問』章涉『頓悟漸修』，大典以唐代禪宗南頓北漸釋後曰：『此自禪家唐時事，不可以解斯章。』以後證前之忌，並非不知，惟通觀全書，此類情形實未能避免。引詩文評著作如《文心雕龍》《文章緣起》《石林詩話》《詩藪》《詩學大成》等，亦爲其特色。作爲僧人，有關佛教注解自應本色當行。如《言語下》『馮當世知並』章『一種公案』注，先引《碧巖集序》，繼而按曰：『大抵禪家勘辨學者，節角淆訛，抉發造詣，猶官府斷獄事也，「一種公案」言未得平也。』《文學中》『三乘佛家滯義』章云：『滯義，言難通也。此章言諸人聽支演三乘判出分明，皆自謂三乘之理可通。及支既下坐，諸人相共覆説，乃復爲兩不爲三，亂支之意也，故雖支弟子，不盡得支之意也。』

大典《鈔撮》以解析原書難解處自任，故其書價值亦多在此，如《文學下》『謝萬作《八賢論》』章末句『我亦作，知卿當無所名』，王世懋云：『此語難解，似謂我亦算作相知者，然不能爲卿名也。』乃斷作『我亦作知卿，當無所名』。大典云：『此蓋言我亦試作斯論，因知卿之當無所名稱也，謂難定優劣之論也。王解未明。』又『桓宣武北征』章末句『當令齒牙間得利』，王世懋云：『此語最深難解。』大典云：『言使我霑官禄，則才益得展也。如王解則「當」字不通。』再如《規箴下》『郗太尉晚節好談』章末句『冰衿』二字，王世懋云：『「冰衿」二字未解。』大典云：『「冰衿」當是「冰噤」，謂不能出言也。《臨濟録》「冷噤噤地」，亦言不能出聲也。』其説雖未必皆是，然頗具參考價值。

此書亦間有對劉注之糾正，如《言語上》『何平叔云』章注引『秦丞相《寒食散論》』，大典曰：『秦丞相當作秦承祖。《隋書·經籍志》有秦承祖《本草》六卷、《藥方》四十卷。傳未考。』又有對原本校勘者，如《言語中》『孫子荆年少』章下：『《古世説》見《排調下》。』所謂《古世説》，即指劉義慶《世説新語》。又《賞譽上》『王劉聽林公』章『復東聽』下：『《古世説》「東」作「更」，是也。』

另有可貴者，乃其書保存他人之見解，有不見於其他文獻者。如《德行上》『謝石奴請吴』章、《文學中》『衛玠總角時』章皆引片孝秩（一七二三—一七九〇）説。按片山名猷，字孝秩，號北海，越後新潟人。受學於宇野明霞，獨傳其學，深受器重，與大典誼在同門，『相交四十年如一日』（《北海先生片君墓碣銘》，《北禪遺草》卷六）。木村世肅嘗從孝秩學漢學，故孝秩所説《世説》兩則，亦有可能出自木村轉述。

解釋語辭，尤其重視口語，乃當時《世説》注之共性，此在大典雖不突出，也不例外。如《德行上》『華子魚』章下：『按「將無」有二義：如此所謂，猶言豈無也；它如將無同，猶言應無也。此書往往有之，須以是二義看。』《言語中》『桓南郡問謝』章『以無用爲心』下：『無用猶言無爲也，隱顯爲優劣，言以隱顯生優劣之迹也。……六朝以來，語動静言出處也，即所隱顯也。』亦有未能解者，往往説明之。如《栖逸》『阮步兵嘯聞』章『哂然有聲』下：『哂，音義未詳。』又《輕詆上》『舊目韓康伯將肘無風骨』下：『將肘未詳。』《鈔撮》只是大典對《世説》之最早注釋，其後踵事增華，續有新撰，故宜將其諸書參讀。

此書有《日本世説新語注釋集成》本。

世說鈔撮卷之一

○題名

劉義慶　宋書列傳十一　劉義慶長沙景王道憐第二
子繼臨川烈武王道規永初元年襲封六年加尚
書左僕射出為平西將軍荊州刺史改授江州又
遷南兗州刺史尋即本號加開府儀同三司慶為
性簡素寡嗜欲愛好文義招聚文學之士近遠必
至太尉袁淑文冠當時義慶在江州請為衛軍諮
議參軍其餘吳郡陸展東海何長喻鮑照等並為
辭章之美引為佐史國臣所著世說十卷撰集林
一百卷並行於世在廣陵有疾而陳求還文帝許

七、釋大典《世説鈔撮補》二卷

【著録】《大增書籍目録》《典籍作者便覽》《近代著述目録》《日本續人物誌》《新纂禪籍目録》《漢學者傳記及著述集覽》《德川時代出版者出版物集覽續編》《享保以後江户出版書目》《國書總目録》《古典籍總合目録》《江户漢學書目》

釋大典，傳見前書解題序録。

對於江户時代日本學界而言，『《世説》《蒙求》二書，出入古今，包羅典實，裒英揭芳，可以爲屬比之具也』，故初學文者，往往用力於斯二書。大典亦以此二書教導初學，惟《世説》『辭簡而旨緼，間艱險亘通』（大典《鈔撮補序》），故一而再、再而三注釋該書。大典之《世説鈔撮》已於寶曆十三年（一七六三）梓行，繼而又有續注，門人田君孝（一七二六—一七七九）對此書亦有同好，遂就其請，整理爲二卷，於明和八年（一七七一）編成。每卷之後又有『追補』十餘則，當爲編次已定，續有所考，遂附於卷下。明和九年付梓，仍由京都平安書肆刊行。

桃井氏《世説新語補考》刊行於寶曆十二年，大典《鈔撮》刊行於次年，未及參考，此書則大量引用。其中卷上九十二則，卷下二十五則，共一百一十七則。又略引《世説新語補觿》，卷上四則，卷下五則，共九則。引用方式多作『見《考》』或『解見《觿》』，亦偶有辨正。如卷下《寵禮》『謝萬與太傅』條『履板而前』案曰：『《觿》《考》皆以爲躡履執手板，然余則謂「板」應謂階梯之「板」。』尤可注意者，田君孝即澤田鹿鳴，著有《世説通》，其書已佚，幸得大典此書保存其一二。計卷上四十三則，卷下六十一則，共計一百零四則。除徑引其説者外，亦間有不同意見，則直陳己説。如卷上《德行》『梁伯鸞少孤』條『舉案齊眉』下，田氏引楊慎《丹鉛總録》，以爲『案』實指『碗』，『若是案卓，何能高舉』。大典曰：『余謂孟光所舉，蓋是食卓。古者食皆獨卓，與吾邦所用同，其制不大，何難舉之有？用修蓋以後世共一卓食者議之，過矣！』又《賞譽上》『王汝南既除』條『博措閒雅』下，田氏注：『博，博射之博；措，舉措也。』大典曰：『余謂博猶寛也，言雍容不迫。』又卷下《假譎》『魏武少時』條『有偷兒賊』下，田氏注：『連下「青廬中」三字爲一句。』大典曰：『余謂審文勢，四字一句，「青廬中人皆出觀」爲一句，賊謂作賊也。』其説皆是。田氏意見在後世亦受到重視，如平賀房父《世説新語補索解》便引用十二則，當據此書轉引。此書成於《鈔撮》之後，對前書有所更正，亦理所當然，如卷上《文學中》『裴成公作《崇有論》』條『即以王理難』下云：『言他人若以夷甫所言之理難裴，則不能屈裴也。前解謬矣。』又《識鑒》『琅琊王元長』條注『帝疾融先』下云：『帝即昭業也。疾，惡（去聲）也。前解太謬。』尤堪注意者，乃卷上『追補』之十二則，針對《賞譽上》『王、劉聽林公講』章『後王、何人也』句云：『此章余始難其解，强下注脚。君孝亦嘗問余，余未敢自是，然未遑考撿本傳。近江六如上人亦講討斯書，因閱《高僧傳》文相吻合，遽以示余，頓得瞭然矣。向前杜撰，足爲一笑。王，王弼；何，何晏也。』此蓋稱美支道林爲僧家之善談者，如名士中之王弼、何晏。不僅解釋正確，且透露出六如上人講解《世説》之事。案六如（一七三四—一八〇一），俗姓苗村，名慈周，字六如，號六如庵、白樓、無着庵。嘗從野村東皋（一七一七—一七八四）習詩文，與皆川淇園（一七三五—一八〇七）爲親交，兩人皆有《世説》注，六如當受其感染。惟其遺説僅見於此，故彌足珍貴。大典之《鈔撮補》亦偶有後解反不及前解者，如《方正下》『王、劉與桓公』條『伊詎可以形色加人不』下云：『前解謬矣。「人」字或訓「身」，指桓公身也。』『伊』即桓公，桓公又焉能自己以形色加於己身？而《鈔撮》的解釋是：『形色與聲色意同。此言渠寧可以形色加之人乎？「不」字只作「乎」義看，它亦有之。』此處『不』用於句尾，實同『否』，以表疑問，與文義亦相合，前解不誤。又有對前人注解加以引申者，如《雅量上》『嵇中散臨刑』條注『詭隨之民』下：『《大雅·民勞》：「無縱詭隨。」注：「詭人之善，隨人之惡。」余以爲詭謂邪僻也。隨，隨意之隨。』亦有提出異議者，如

《雅量下》『庾太尉與蘇峻戰』條『此手那可使著賊』，劉辰翁評點以句意『謂此箭若著賊，則亦當應弦而倒矣。謬喜其射藝之工，以悦安之』，大典曰：『如劉解，則當曰「那得」，不當曰「那可」。余以爲「著」猶「在」也，言如此射手，如在賊兵，則吾殆不免也。』亦有參考價值。又有一時未能考索者，往往加以説明，若人物則云『傳未考』，若事物則云『不詳』，若文義則云『文義未詳』或『不知何謂』，共計十七則，頗合『知之爲知之，不知爲不知』之古訓。

此書有《日本世説新語注釋集成》本。

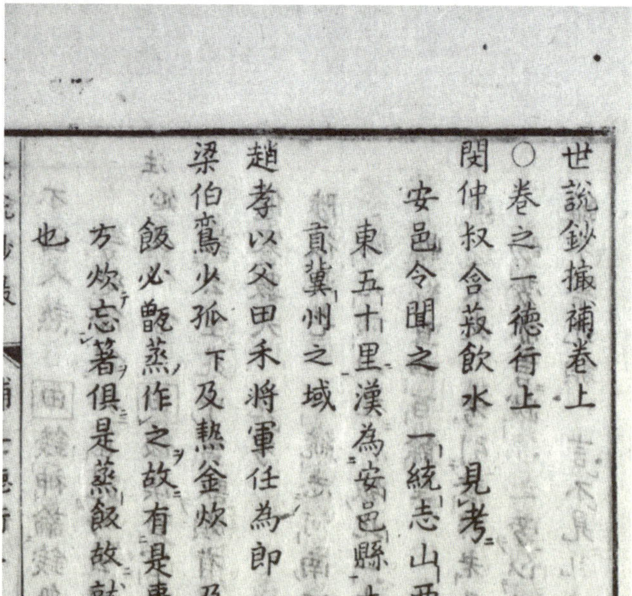
世説鈔撮補巻上
○巻之一徳行上
閔仲叔含菽飲水　見考
安邑令聞之　一統志山西平陽府安邑縣在州城東五十里漢為安邑縣太原平陽南北相接俱禹貢冀州之域
趙孝以父田禾將軍任為郎　見考
梁伯鸞少孤　下及熱釜炊及字謂熱之未冷也古者飯必甑蒸作之故有是事田此與夙惠篇元方季方炊忘著俱是蒸飯故就熱釜炊則有速熟之利也

八、釋大典《世説鈔撮集成》十卷

【著録】

《近代著述目録》《日本續人物誌》《新纂禪籍目録》《漢學者傳記及著述集覽》《德川時代出版者出版物集覽》《德川時代出版者出版物集覽續編》《享保以後江户出版書目》《國書總目録》《古典籍總合目録》《江户漢學書目》

釋大典，傳見《世説鈔撮》序録。

《世説鈔撮》梓於寶曆十三年（一七六三），其後大典又撰成《世説鈔撮補》二卷，對此前遺漏有所補益。自是仍筆耕不已，繼續考索。據此書自序稱：『丁丑之歲，余以官命遠客馬島，散職無事，異方無交遊，乃迨暇點撿課，毛生、楮生襄事，遂成《集成》十卷。』案丁丑之歲，或在文化十四年（一八一七），或在寶曆七年（一七五七），前者大典已謝世，後者則時在《世説鈔撮》寫作之前，皆不相合。故此所謂『丁丑』，實爲『辛丑』（天明元年，一七八一）之誤。此年大典奉幕府之命，赴對馬島以酊庵爲輪番僧，事簡人閑，遂將以往考索所得，彙總爲一。又參考桃井白鹿《世説新語補考》，編纂《世説鈔撮集成》十卷，惟公開梓行已在寬政六年（一七九四），由京都書肆和東都書肆一併發行。

此書特色，與前者《鈔撮》及《鈔撮補》大致類似。詩文評著作如《文心雕龍》《詩品》《韻語陽秋》等皆在徵引之列。又如引用詩句以作釋文，亦在在有之。如《德行上》『范巨卿爲荆州刺史』章注『宿於下亭』下云：『李白詩：「小子别金陵，來時自下亭。」羅隱詩：「山雨霏微宿上亭。」蓋驛亭有上下之稱，猶長亭、短亭也。』《賞譽下》『謝公領中書』章『謝公傾目』下云：『梁簡文詩：「少年年紀方三六，含嬌聚態傾人目。」』《術解》『王大將軍』章『行船打鼓』下云：『杜詩「打鼓發船何郡郎」，《注解》：「凡下峽之船，必擊鼓爲節，聽前船鼓聲既遠，後船始發，恐相值互觸，必致損壞。」』按此所謂《注解》當指仇兆鰲《杜詩詳注》，仇《注》曾引《語林》此條爲證注杜詩，大典復引杜詩反證《世説》，乃回環互證之法。

此書最具特色者有二：一爲徵引《世説新語補考》，通檢全書，有近六十則之多。多數以徵引代替自身論證，且有特别表彰桃氏者，如《政事》『陶公性檢厲』章『超兩階用之』，大典云：『桃氏《考補》云：「超二級用之也。」且有引據可證，深慚向之鹵莽。』表彰之際亦更正自身舊説。然亦有對前人加以辨正者，如《文學中》『殷中軍見佛經』章注『身肦色黄』下云：『岡氏《觽》云：「肦，音半，肉也。」《考》云：「當作腹。」並未明。按肦通胖，大也。《大學》「心廣體胖」。』惟中國流傳諸本，『服』皆作『服』。又如《品藻下》『明帝問謝鯤』章『一丘一壑』下，先引《考》據《文海披沙》而云『謝幼輿語蓋有所本也』，後加按語，復據《漢書叙傳》班嗣語爲其淵源。又如《寵禮》『謝萬與太傅』章『履板而前』下：『《觽》《考》並爲躡履執手板，然余謂板是板道也，萬既無衣幘，那得有手板？』又《鈔撮》曾徵引片孝秩（一七二三—一七九〇）二説，此書亦予以更正，但略其名姓。《德行上》『謝石奴請吴隱之』章『牽犬賣之』下云：『賣以當經營也。或以爲牽犬來賣者，豈有它婢之來賣犬者哉？』『或以爲』云云即片山之説；又《文學中》『衛玠總角時』章『無膏肓之疾』下云：『膏肓出《左傳》，謂沈痼也。此言但以理義不通爲病，尋輒消釋，其胸襟洞徹，必無凝滯於物之患。』此綜羅片孝秩説，注釋更趨簡明。二爲對《鈔撮》之補充改正。如《德行下》『陸曉慧爲晋熙王長史』章『未嘗卿士大夫』，《鈔撮》云：『《貞觀政要》卷一注：秦漢以來君呼臣以卿，敵對相對亦爲卿，蓋貴之也。』此書更改爲：『按當時率爲狎昵之稱，非尊稱也。』《言語上》『何平叔曰』章，《鈔撮》已更正劉孝標注『秦丞相』爲『秦承祖』，然云『傳未考』，此書則據《名醫傳略》引《醫説》云：『秦承祖者，南宋人也，性耿介，有決斷，精於方藥，當時稱之爲上手。』惟所謂『南宋』當作『南朝宋』或『劉宋』。《文學中》『謝鎮西少時』章『未過有所通』下云：『通猶經也。按《簡傲篇》劉曒游詣故人，主人未通，便坐問答。蓋謂賓主禮辭曰通，前解誤矣。』然亦有原本或是，改而未必是者，如《文學下》『謝萬作《八賢論》』章『我亦作知卿』下云：『五字一句，言我亦爲能知卿者。前解謬。』按《鈔撮》斷句，乃『我亦作，知卿當無所名』，似謂我亦作《八賢論》，深知其中甘苦，故知卿難定優劣之名目。又有少量條目與《鈔撮》雷同，當爲删汰未盡所致。

又據大典於付梓前補記，『斯書本聚合《鈔撮》及《補》以爲一部，及上梓，書賈輩患其浩繁多費……因止采録所追考，以附前書之後，覽者併按可也』。故此書與其前書之關係，乃並列而非替代者，讀者宜參看之。

此書有《日本世説新語注釋集成》本。

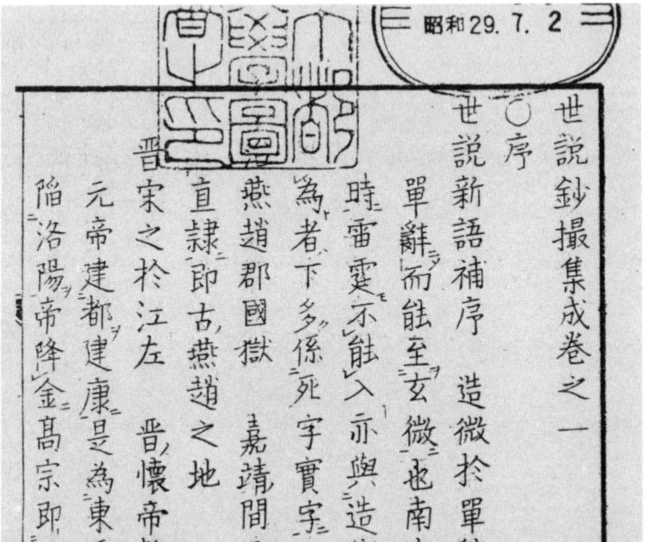

世說鈔撮集成卷之一

○序

世說新語補序　造微於單辭　造到也微玄微也言單辭而能至玄微也南史祖暅之傳當其詣微之時雷霆不能入亦與造微同或訓造為者非凡訓為者下多係死字實字

燕趙郡國獄　嘉靖間元美以刑部郎中卹刑北直隸即古燕趙之地

晉宋之於江左　晉懷帝愍帝為劉聰所弑西晉亡元帝建都建康是為東晉宋欽宗靖康二年金兵陷洛陽帝降金高宗即位于應天府即古建康地

九、釋大典《世説匡謬》二卷

【著録】《近代著述目録》《日本續人物誌》《漢學者傳記及著述集覽》《國書總目録》《江户漢學書目》

釋大典，傳見《世説鈔撮》序録。

大典有關《世説》之著甚多，以此書最爲晚出。據其自序及菅胤長跋，此書成於在對馬島任輪番僧期間，『與二三子會講斯書』，似與《世説鈔撮集成》同時。然此書卷上《政事》『陶公性檢厲』章『連根取之仍當足』下釋『足』之義已提及《鈔撮集成》，顯然成書於其後。除自序、菅跋以漢文爲之，全書正文皆以日語撰寫。

此書以『匡謬』爲名，非泛泛而論，實有其針對者。《世説補》和刻本，人所習知者有二，即元禄七年（一六九四）本與安永八年（一七七九）校正改刻本。元禄本文字謬誤甚多，安永本多有改正，所謂後出轉精者。安永本之末，有守山碕允明之《重刻世説新語補跋》，既云《世説補》一書風行海内外，刻本甚多，又云『我公夙爲癖，特傷屢經剞劂，終屬孟浪，乃讎校自務，蒐閲數本改而正之，璋判珪合，研覆不遺，遂藏而爲定本』。而所謂『公，騰龍源公也』，即指當時守山藩（今福島縣郡山市）第三代藩主松平賴亮（一七四四—一八〇一），寶曆十三年（一七六三）繼位。松平氏出自清河源氏，故可尊稱爲源公。案：碕允明即户崎淡園（一七二四—一八〇六），名允明，字哲夫，號淡園。早年入『蘐園八子』之平野金華（一六八八—一七三二）門，學徂徠古文辭，信奉其宗旨。後仕爲守山藩儒臣，爲藩校養老館教授，教育藩士子弟。享和元年（一八〇一）藩主歿，允明亦致仕，專事著述。故安永八年撰寫跋文之際，正值松平賴亮任藩主之時，難免有阿諛奉承之辭。依其文意，《世説補》之有定本，其功盡在騰龍源公一人。而據大典天明二年（一七八二）撰《世説匡謬序》，所謂『騰龍源公定本』，實在大典及其門人田君孝（即澤田鹿鳴）校訂本上胡亂點竄而成，不僅貪他人之功爲己有，且難免錯謬。天明初年大典在對馬島與二三子會讀《世説補》，從人借得一部，正爲守山藩主新刊者，即安永八年改刻本。『其誤後學不少，此不可不辨也。故一一表出，併叙始末，以雪君孝之寃云。』故此書『匡謬』之對象，主要即爲安永八年本。

安永本既號稱『校正改刻』，則首要論其校改之是非。改字者如《言語中》『庾法暢造庾太尉』章，改『庾』作『竺』，大典曰：『作「庾」字分明不誤。』以『竺』易『庾』，固爲妄改，然晉代沙門無姓庾者，故王利器、余嘉錫皆以爲當作『康』。又《政事》『謝公時』章注，原文作『安方接客』『卿所憂在於客耳』，安永本皆易『客』爲『容』，大典曰：『此「客」字正遁逸、往來之輩，不得改爲「容」字。』又《雅量下》『沈昭略與徐孝嗣諸人』章注『使酒仗氣』，安永本改作『使酒使氣』，大典曰：『《南史》作「杖氣」，音通。注：仗，憑倚也。何故改爲「使」字？』其次則爲斷句，如《德行上》『顧榮在洛陽』章『常有一人左右，己問其所以』句，大典曰：『「己」屬下句不通，余從舊本之句讀。』又《言語中》『孫綽賦遂初』章『松樹子非不楚楚，可憐但永無棟梁用耳』句，大典曰：『「楚楚可憐」文義本通，「但」字承上句之辭。若作「可憐但永」，華人無此昧於文理之見。』再次則爲訓解，如《賞譽上》『王汝南既除所生服』章『略不過叔』句，大典曰：『此非省略之義，略不猶曾不、更不、殊不一類語，例見《文語解》。』

大典自謂與田君孝同校《世說補》，不但廣羅異本，且旁就史傳，此書中亦保存若干印記。如《言語中》『簡文入華林園』章注『顧以境內累莊子』句，大典曰：『「莊」字擬改爲「夫」。』《文學中》『陸士衡入洛』章注『至終乃上』句，大典曰：『「上」字擬改爲「止」，左太冲終其一生改定此賦。』《文學下》『顏延之嘗問鮑明遠』章注『臨海王子瑱』句，大典曰：『「子」「瑱」字擬改爲「頊」。』《識鑒》『齊明帝廢立之際』章注『廢帝子業』句，大典曰：『「子」

字擬改爲「昭」。』《豪爽》『蘇子美豪放不羈』章注『買水石作滄浪亭』句，大典曰：『「水」字擬改爲「木」。』凡此皆言有所據，可資參考。然亦偶有不察，改正爲誤者，如《文學下》『張思光作《海賦》』章注『王儉七志』句，大典曰：『「七」字擬改爲「士」。』案《七志》乃書名，不當改。

此書現存者爲文化庚午（一八一〇）寫本，藏於尊經閣，卷首鈐蓋三印，一曰『板倉家文庫記』，一曰『前田氏尊經閣圖書記』，一曰『節山秘藏』，則此本曾經板倉勝明手。案勝明（一八〇九—一八五七）幼名鶴五郎、百助，字子赫、甘雨，號節山。板倉勝尚之子，文政三年（一八二〇）任上野國（今群馬縣）安中藩主。獎勵學問，設立桃溪書院，編集《甘雨亭叢書》。然據菅𦙁長天明壬寅（一七八二）之跋，此書當有刻本，惜不傳。

附：

釋大典《世説匡謬序》

《世説》一書，誤字太多，其傍譯亦多舛錯。其板爲京師書林林氏物，前此有意再刻也。乞長門瀧彌八校正，僅業首卷而身故，廢頓不果。余嘗悦斯書，考核有年。五瀨田君孝僻（癖）好過我，亦病其多謬誤，凡劉、張、王、凌諸本，莫不讎校，猶有不明，旁就史傳而正焉，可謂力矣。乃以好事，故與余相知，互以其所得相授，鉛槧各本，以寘帳中。明和年間，有守山侯者欲新刊《世説》以爲府中藏，而書林之法，不容它刻，於是林氏以其狀告訴侯，可之，仍使林氏以守山侯命以刊新本。然侯家始無校定善本，書林亦慮其疏漏而不售也，乃艷稱余事以請，則考訂之業遂屬余焉。余固不求旌名，唯樂濟美之全，又恐任之不專，而或引肘之從傍也，因使林氏通斯意，堅相約定，然後用向來本，更與君孝尋討，逐一校正授梓。既成，林氏以呈侯，乃横生異端，往往朱抹點竄使改鐫，其不遜亦已甚矣。余則責其食言，而林氏之辭維谷矣。然且畏縮權勢，不敢不從，而乞憐於余。不得已，而用余本印出數十部，姑藏而置之。更因侯所改竄削嵌補鐫成本，題曰『騰龍源公定本，觀濤閣藏』。記歲月爲先出者，而余本次焉。要其始，林氏頗持兩端，彼此巽順，欲僥倖成事，率致乖角之患也。是自賈人狀態，不足深責已。余方外人，豈以雕蟲技相争衡耶？唯是君孝校考之功十居七八，盡遇勦奪而没名矣。顧《世説》風雅之書，致如此尷尬，可歎哉！比在馬島，與二三子會講斯書，因就人借一本，則侯家新刊也。余亦幸其或有所長而就之，從頭對閲，其標注所補入，既於《抄撮》載之，其不親切者舍之也。文字異同，句間圈點，君孝嘗用諸本參校，其兩可者，標而存之，今皆删爲一。傍譯適有所得，亦拾一芥於掃除之後已。至於削其既正，更露拙陋，嗟亦甚矣。其誤後學不少，此不可不辨也。故一一表出，併叙始末，以雪君孝之冤云。間有前本所遺脱，幸兹標正。余又有《抄撮集成》十卷，搜抉殆盡，幸有覽者益足以覈明矣。

天明壬寅九月竺常書於西山精舍之南軒。

菅胤長《跋》

大典禪師自津島還，與余邂逅次，談及《世説》，則出《匡謬》一卷見示曰：『此在島中所講明，乃序中云云。』余受而閲之，的確詳明，解惑（不）少。余嘗退朝暇，與諸搢紳討論此書，則不可不傍搜兹一卷。遂乞之，命綱紀雕板，以與同志者共之。

天明甲辰春菅胤長識。

世説匡謬巻上

○序

索ル解人ヲ正ニ不ス可カラ得一左（舊序） 索ル解ヲ人 コレ阮光禄カ解人不

可得ノ語ヲ述ルナリ解人ハ通人趣人トエル類ノゴトシ

索ル解ヲト訓メハ甚ソノ義ヲ失フ

○巻之一

吾以テ信ス於心也 左ニ吾已ニ信ス於心ニ也 ロニテハ不對ヲ

心ニ於テ保信シタル也 以ノ字意ハナハダ深シ己ノ字

ニテハ浅露ナリ

不因ニ人熱ニ者也 右ニ不下因ニ人熱ニ者上也 コレ不ノ字者ノ字

一〇、野村公臺《世説新語補筆解》四卷

【著録】《近代著述目録後編》《漢學者傳記及著述集覽》《國書總目録》《江户漢學書目》

野村公臺（一七一七—一七八四），近江（今滋賀縣）人，字子賤，號東皋、蘘園，通稱新左衛門。師事澤村琴所（一六八六—一七三九），琴所初以自學成才，後遊京都，從伊藤東涯學一年，盡捨舊學，以古學爲宗。後又得荻生徂徠書而讀之，確信其説，終身不改。此前近畿地區多尚宋學，至此學風一變，專主漢魏傳注。公臺從之修古學，善詩歌。琴所殁，公臺爲撰墓誌。琴所以外，公臺又從服部南郭學，故能傳徂徠學脉。此書偶引其説，則尊稱『物子』。仕彦根藩，任儒官，天明四年殁，享年六十八歲。著《國語考》六卷、《讀國意考》一卷、《學文意得》一卷、《復讎論》一卷、《愍真集》一卷、《鏄翁筆記》《鏄翁隨録》《鏄翁叢録》《金亀詩纂》七卷、《講餘筆録》三卷、《蘘園集》十卷後編二十卷餘編八卷等。

《世説新語補筆解》乃公臺任彦根藩儒官時爲授徒而作，其《序》中對岡白駒之《觿》、桃井

氏之《考》以及釋大典之《鈔撮》，皆致不滿之詞，尤以《觿》爲『荒謬甚多』，總之則『互有得失，讀者宜以章擇之可耳』。此書特色，乃將『其三家已具者，今盡除去，獨存其有異同詳略者』。故欲考此書之是非得失，當置於此前《世説》注譜系中觀察。

岡白駒書爲此類注釋最早刊刻之著，此書加以辨證處亦不少。如《政事》『丞相嘗夏月至石頭』章注『邴吉問牛喘似不爾』下云：『蓋反言以譏庾冰之不寬也。岡氏以「爾字做乎看」，恐近牽强矣。』又《文學上》『朱公叔耽學』章『幾不知馬之幾足』下云：『按「不知馬之幾足」似用石建事以爲言也，《後漢書》作「幾不知數馬足」，岡氏《觿》引石慶數馬，據《後漢書》注也，因以幾足爲幾匹，恐誤。』又《寵禮》『趙元叔』章注『順風激靡草』下云：『草尚之風必偃，此云靡草，靡即偃也。激者，言乘勢益甚之也。《觿》云「激與儌通」，謬矣。』對桃井《考》也同樣有辨正，如《巧藝》『王中郎以圍棋是坐隱』章注『方幅』云：『《觿》云：「四方白紙一幅，界畫以爲棋局也。」按此舊相傳説爲然，非岡氏創解也。蓋以嫌其下子有聲，故用紙耳，與前卷「方幅齒遇」其義自不同也。後或以爲同義，非也。』公臺認同此處之『方幅』爲『四方白紙一幅』之意，但不認爲此乃岡氏創見。同時指出，不得將此處『方幅』與『方幅齒遇』之『方幅』視爲同義，所謂『後或以爲同義』，即暗指桃井氏之《考》所云『按方幅，即方幅齒遇之方幅』。然亦有其辨正反誤者，如《雅量上》『庾太尉風儀偉長』章『人知是天性』云：

『數歲能如此，故知其天性然也。岡氏云：見其兒，知亮是天性也。恐非。』案原文謂庾亮舉止穩重，而『時人皆以爲假』，及見其子庾會雖幼，亦有『雅重之質』，故見其兒，便可知庾亮之穩重亦出於天性。原文又云『見阿恭（庾會小字），知元規（庾亮）非假』，亦同此意，岡氏所説無誤。

《筆解序》云：『《世説》本有可以意會而不可以言説者矣，則宜不字訓而句解可也。』故此亦《筆解》之一特色。如《德行上》『沐德信』章『汝欲作沐德信那』下云：『此言雖遠地兵人，皆知德信之清介也。』《言語中》『道壹道人好整飾音辭』章『林岫便已皓然』下云：『郊邑之地，唯見其飄然，而未見其皓然矣。林木山岫則忽已皓然改觀也。微雪未甚寒之景狀如目睹。然此四句，正是整飾之音辭。』又《任誕上》『桓子野』章『子野可謂一往有深情』下云：『不待再三審之，故云一往有深情。《文學下》篇支道林謂謝安曰：君一往奔詣，故復自佳耳。一往義正同。』又《栖逸》『阮光禄在東山』章『注《老子》曰云云』：『寵必有辱，辱生於寵，故得寵若驚，失寵若驚也。失寵即是辱耳。寵辱非二，故達人同視而皆驚。同視而皆若驚，未嘗喜寵而驚辱也。右軍言「不驚寵辱」，與《老子》意正同，故注引《老子》以明之。』則不僅以句解方式釋正文，亦用以釋劉孝標注。

至於一時不得其解者，公臺亦不强解，而能秉持闕疑態度。如《文學中》『袁宏始作《東征賦》』章注『風鑒散朗』下云：『其義未詳。』又《文學下》『王敬仁年十三』章注『修集載其論曰云云』：『此論難解，不可强説。』又《賞譽上》『王汝南既除生服』章『加博措閑雅』下云：『措未詳。』又《術解》『荀勖善解音聲』章注『音聲舒雅而久不知夔所造時人爲之不足改易』下云：『此十九字難解，恐有脱誤。』

公臺書又能保存時人之説，除不能完全確知者如屢見之『一云』、『或云』外，有姓氏名號者如『谷氏《標解》』一則，見《言語上》『禰衡被魏武謫』章；又有『雲門』注七則，見《德行上》『庾子輿父卒官巴西』章、《文學中》『初注《莊子》者數十家』章、『三乘佛家滯義』章、《品藻下》『王子敬問謝公』章、《寵禮》『令狐綯在翰林』章、《排調下》『顧長康作殷荆州佐』章、《惑溺》『劉道真子婦始入門』章等，其説俱不見於他書，尤爲可貴。

又《文學上》『舊云王丞相過江左』章提及『養生』，劉孝標注引嵇康《養生論》『夫蝨著頭而黑，麝食栢而香』句，《江談抄》曾謂李善注《文選》，至此而以爲難，故闕之，而紀長谷雄（八四五—九一二）與三善清行（八四七—九一九）所撰《世説一卷私記》『引《集注本草文》明件事』。實則李善之注《文選》，有初注、復注、三注、四注之不同，隨時爲人傳寫（見李匡乂《資暇集》卷上『非五臣』條）。公臺於此句下引李善注，可見讀書細緻，又加以更正云：『按蝨色本白，其處頭者則黑，不須必謂變白化黑矣。』其説可參。

此書今藏日本國立國會圖書館，其上鈐蓋圖章二枚：『彦藩弘道館藏書印』『東京圖書館藏』，可知其入藏年份在一八八〇年（此前名東京府書籍館）至一八九七年（當年改名帝國圖書館）之間。入藏之前，則爲彦根藩弘道館藏書。以此本狀態觀察之，亦有可能爲公臺之稿本。又其上有五處校改文字，出自田正美之筆，分別見於《言語中》《賞譽上》《賞譽下》《規箴上》《任誕下》。

此書有《日本世説新語注釋集成》本。

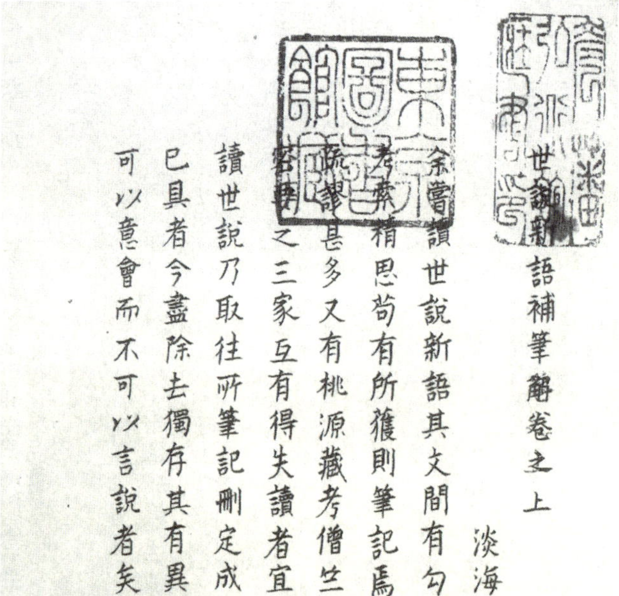

世說新語補筆解卷之上

淡海　野公臺子賤著

余嘗讀世說新語其文間有勾棘難通也乃與二三友人考索精思苟有所獲則筆記焉以備忽忘近時岡氏作觿說謬甚多又有桃源藏考僧竺常鈔撮匯諸岡氏差爲詳密由之三家互有得失讀者宜以章擇之可耳余頃又因讀世說乃取往所筆記刪定成帙以授吾黨蒙士其三家已具者今盡除去獨存其有異同辯畧者云然謎說本有可以意會而不可以言說者矣則宜不字訓而句解可也

一一、平賀房父《世説新語補索解》二卷

【著録】《典籍作者便覽》《近代著述目録續編》《近代著述目録後編》《漢學者傳記及著述集覽》《享保以後江户出版書目》《國書總目録》《古典籍總合目録》《江户漢學書目》

平賀房父（一七二一—一七九二），安藝（今廣島縣）人，名晋民，字房父、子亮，號中南、果亭。初以詩文向大潮（一六七六—一七六八）請益。寶曆十二年（一七六二）赴長崎，訪肥前（今佐賀縣）蓮池僧大潮，研究唐音，並主張習倣漢詩文以學唐音爲要。明和元年（一七六四）六月，離開長崎返鄉。五年，赴京都，仕青蓮院法親王宫，有『平賀圖書』之稱。安永三年（一七七四）拜大舍人，在宫中奉仕近二十年。天明（一七八一—一七八八）初移居浪華（今大阪府），從事著述。八年，參州吉田藩主松平信明（一七六三—一八一七）聘爲賓師，後得病返回大阪。寬政四年歿，享年七十二歲，松平贈與『好古先生』之謚。著作甚多，有《論語合考》四卷、《論語集義》五卷、《孟子發蒙》三卷、《學庸發蒙》三卷、《周官集成》十八卷、《周官義

疏删》四卷、《周官名物鈔》二卷、《周易洗心解》十二卷、《詩經原志》六卷、《詩經原志晰義》二卷、《毛詩微旨》十六卷、《春秋稽古》七十三卷、《左傳箋注》八十一卷、《左傳折衷》十卷、《禮記纂義》二十四卷、《禮記鄭注弁妄》五卷、《儀禮説蘊》二十卷、《尚書梅本弁説》二十四卷、《唐詩選夷考》七卷、《學問捷徑》三卷、《壁經解》六卷、《蕉窗自記》一卷、《蕉窗寓筆》六卷等。

據金龍敬雄（一七一二—一七八二）序，此書成於房父爲青蓮大王文學任上，當在安永二年（一七七三），其職自有教誨後學之責，《世説》乃爲其一。《序》云：『吾友平賀房父，嘗講以授諸子，諸子悦隨，户外屐滿。於是録其所講，題曰《索解》。余見而謂曰：房父是《世説》之庖丁也哉。乃至其族與肯綮，輒謋然已解，如土委地，恢乎其於遊刃必多餘地，兼判諸注然否。』既能如庖丁解牛，解析《世説》之『族與肯綮』，又對此前注本議其得失，『兼判諸注然否』。『索解』一詞，出自《世説》。《文學》篇記阮光禄語：『非但能言人不可得，正索解人亦不可得。』清胡鳴玉《訂訛雜録》卷一『索解人不得』條云：『「索解人」三字本連，與「能言人」一例，謂求解其義也。今用作求一能解之人不可得意，非。』房父正爲『索解人』之一，故以《索解》命名其書。有安永三年四月皇都書肆刊本。

此書以辨證諸家注爲特色，其討論對象以江户時代日本人撰述爲主，即岡白駒之《觿》、穗積以貫之《國字解》、桃井源藏之《考》、釋大典之《鈔撮》及《鈔撮補》。《鈔撮補》刊於明和九年（一七七二），僅在此書前一年，亦能及時參考。但涉及《國字解》者，僅卷首諸家序及凡例共四則，皆斥其非。故此書主要針對岡田、桃井及大典，乃多以『三家』概稱之。凡有自身特見者，輒加『愚案』以別之。例如，《德行上》『華子魚』章『將無以懷璧爲罪』下，先引《鈔撮》以爲『將無有二義』，故『須以是二義看』，後云：『愚按：「將無」當時語，即今「無乃乎」也，無不通者，豈有二義邪？諸子囂囂，大費解。』又《言語中》『孫綽』章『楚楚』下云：『《觿》《考》並非本文之意。《鈔撮》以爲高刺孫志在止足，孫嘲高綢繆閨情，此亦非也。是時高亦志在止足。』又《汰侈》『石崇爲客作豆粥』章『韭萍虀』下云：『《鈔撮》云：「假言韭之初生者爲韭萍，非別用藾蒿也。」愚按此説非也。始云恒冬天得韭萍虀，是萍冬日絶無者也，故以麥苗代之，人不知之，以爲萍也。』又有不作考辨，直斥其誤者，如《文學中》『謝鎮西』章『殷未過有所通』下云：『此解三家皆謬。』《方正下》『徐勉』章『汝交關既定』下云：『三注皆誤。』其判斷多能得其實，但智者千慮，也不免訛謬。如《雅量上》『祖少孫』章『屏當未盡』下云：『或曰：《嬾真子》云：「併當二字，俗訓收拾。屏、併蓋相通。」愚按：屏，屏氣之屏。「屏當」，當時俗語。』實則《嬾真子》之説不誤，《德行》篇中即有『恒與曹夫人併當箱篋』句，與此處『屏當』同爲收拾、料理之意。又《任誕下》『顔延之』章『竣得臣筆，測得臣文』下云：『《鈔撮》以「筆」爲文章，「文」爲才藻，或然。』此處『文筆』對舉，前指有韻者，後指無韻者，《鈔撮》云云則非是。由於對釋大典《鈔撮》及《鈔撮補》之闕注，也因此涉及片孝秩、田君孝之《世説》注，兼有辨證。

釋義之外，斷句亦其注重者。句讀不同，訓解大異。如《德行上》『華子魚』章『淡於財欲前後寵賜諸公莫及』句下云：『欲字絶句，舊讀屬下，非也。不殖産業，是所以淡於財欲。言天子前後寵賜，諸公之等莫及華者，然不殖産業，是以貧困也。』又《言語中》『嵇中散』章『野戰則不如』句下云：『不如句絶，舊讀連下，誤矣。』又《文學下》『范蜀公』章下云：『右二件不須解意自明，但被舊讀誤致晦，故正句讀出之。』又《賞譽下》『劉長史』章『若無我句當歸阿士』句下云：『天下文章若無我，則當歸阿士也。「無」字絶句，則「我當」不成語。』

野村公臺《世説新語補筆解》已主張『不字訓而句解』，蓋自安永年間以後，注解《世説》而著意文理、文意者漸多，此書亦然。如《言語中》『桓南郡』章『亡叔先正至動静之異耳』句，《觿》《考》《鈔撮》多謬，蓋緣『不知文理』，不識『文章常套』。又《文學中》『莊子』章下云：『此本文理分明，不須解，然以舊讀誤，有誤會者，故詳之。』又《棲逸》『南陽劉』章『值已匱乏，村人亦如之』下云：『二句文理不相接，恐有脱誤。』又《簡傲》『王戎』章『濬沖曰』下云：『以下文理明暢，《考》何以疑脱文？』又《忿狷》『王藍田』章下云：『《觿》云右軍以藍田爲勝於東海，此何言乎？似未曾會文章者也。』此後如皆川淇園《世說啓微》，亦注重文章語勢者。

此書特色之一，在保存金龍道人（即此書序者）《世說》注，計袁褧序一則，《言語中》七則，《政事》一則，《文學中》七則，《文學下》五則，《賞譽上》一則，《夙惠》一則，《假譎》三則，共計二十六則。《賞譽上》『王、劉聽林公講』章『自是缽釪後王、何人也』句自來争議甚多，金龍道人更進一解云：『按「缽釪後王」，所謂乞人王也，婆羅奈城乞人得長者銅缽，付梵德王，請爲乞人王，事見《佛本行經》，《珠林》四十六引之，文多不録。蓋借指講師耳，言林公外更無林公也。』平賀發揮云：『蓋《高僧傳》傅會《文學篇》，與此而誤會，「後王、何人」云然，豈足據耶？』金龍此書不存，僅於平賀書中略存遺說，故彌足珍貴。金龍有《世說訂正附録》一卷，詳見《世說誤字誤讀訂正》序録。又有《世說補注》，詳見其序録。

另有一則爲『大部《補注》』之遺說，其人其書僅見於此。《德行上》『王平子』章『名教中自有樂地』下引其說云：『所修五常，事涉於迹，故云「名教」也。』平賀按云：『事親名孝，敬兄長名弟（悌），盡己名忠，以實名信，聖人建此以爲教，謂之「名教」也。』堪稱吉光片羽。

此書有《日本世說新語注釋集成》本。

世說新語補索解卷上

安藝　平賀晉人房父　著

備後　島　邦利子畾　校訂

序

大美序　規摹出漢書高帝紀雅馴出史五帝紀贊往往使人短詠而躍然長而未罄往往至末罄一句讀本集長下有而思字與短詠相對是也今脫之不知晉宋之于江左一也晉之在江左以亂也宋之在江左亦亂也國字解謂晉宋都洛陽六朝都建業似不解文意也驅介冑至奚擇矣宋倘曰驅介冑而納之經生則晉亦驅介冑而納之清言也介冑謂亂也反言清言致亂則經生亦致亂其歸則同也然經生豈致

一二、中井履軒《世説新語補雕題》二十卷

【著録】《漢學者傳記及著述集覽》《江户漢學書目》

中井履軒（一七三二—一八一七），名積德，字處叔，號履軒，通稱德二。大阪人，中井甃庵（一六九三—一七五八）之子，中井竹山（一七三〇—一八〇四）之弟，中井柚園（一七九五—一八三四）之父。一門三代，多有傑出學者。其父參與創設大阪懷德堂，兄弟二人亦先後主講於此。履軒好作『雕題』，此書以外，尚有《七經雕題》五十六卷、《七經雕題略》十九卷、《小學雕題》二卷、《史記雕題》一百三十卷、《老子雕題》《莊子雕題》十卷、《古文真寶雕題》三卷等，另著《七經逢原》三十二卷、《履軒弊帚》三卷、《履軒雜説彙編》二卷等。生於享保十七年，歿於文化十四年，享年八十六歲。

『雕題』爲日語詞彙，意指在古書書眉、行間等空白處所寫之批注文字。此書以日本元禄七年（一六九四）京東林九兵衛梓行之《李卓吾批點世説新語補》爲底本，在欄外空白處施加文

字，内容涉及校勘、改正、注釋、評論等，共十册。直接在原書空白處施加批注，乃江户時代文人讀書法之一。以《世説新語補》爲例，曾經加以批注且至今有迹可循的就有太宰春臺（一六八〇—一七四七）、服部南郭（一六八三—一七五九）、秋山玉山（一七〇二—一七六三）、石島筑波（一七〇八—一七五八）、那波魯堂（一七二七—一七八九）、千葉芸閣（一七二七—一七九二）、尾藤二洲（一七四七—一八一四）等著名人物（參見稻田篤信《和刻本『世説新語補』の書入三種》，載二松學舍大學《日本漢文學研究》第八號，二〇一三年），中井履軒之《世説新語補雕題》爲其中翹楚。此書爲作者手稿本，今藏日本大阪大學懷德堂文庫。

中井家學宗尚宋學，以朱子學立場攻擊徂徠學。履軒雖主張折衷，學術態度趨向平和，但基本立場不變。日本江户時代《世説》一書之流行，與荻生徂徠之倡導大有關係，故此書不同於江户時代諸家《世説》注最顯著一點，即在於對《世説》之批判，從一側面表現出與蘐園學派之異。其書第一册封面以朱筆抄録明人薛千仞（岡）語云：『士大夫家年少子弟必不宜使讀《世説》，未得其雋永，先習其簡傲，不可不慎！』（原出《天爵堂筆餘》卷一）此語顧炎武《日知録》亦曾引用，且稱賞其能體現『以正養蒙之道』（卷十三『重厚』）。又卷首列袁褧序，原文有對《世説》褒獎之辭如『竹林之儔，希慕沂樂；蘭亭之集，咏歌堯風』云云，履軒批曰：『斯文所援據，皆失理矣。若竹林之士，固無可稱者，何污沂樂？蘭亭特筆翰垂賞耳。且江左偏安，坐視京洛傾覆，海内塗炭，而偷安於目前，乃觴咏誤（似爲「娱」字之訛）樂，無恥亦甚，何堯風之有？』凡此皆見履軒對《世説》之總體看法偏於負面。

履軒對《世説》之批判，一爲其内容之不當。如《方正下》『王丞相初在江左』章批曰：『此自誇門族之俗習，可憎者，何方正之有？且「亂倫」語錯謬無所當。亡國之顧、陸與中興之王、謝争衡且不可，況却自高引，敢吐「亂倫」語，無恥之甚，殆不可曉。當時乃以此爲勝，習俗之錮人心，不亦甚乎？』又《雅量上》『豫章太守顧劭』章批曰：『「掐掌」是矯飾，「豁情」是不情，並非「雅量」。』又《任誕上》『祖車騎過江時』章批曰：『是有何賞而録？當削。且此是賊，何任誕之有？』又《假譎》『殷仲文既素有名望』章批曰：『仲文是桓玄之逆黨，而謀主玄之敗，仲文以投降得免死，乃霑微禄爲幸耳，何曾有阿衡之冀望哉？是《世説》之妄耳。』一爲其文章之不佳。如《言語中》『道壹道人』章『已而會雪下，未甚寒』批曰：『「已而」兩字是冗語，乃却害於文。「未甚寒」亦冗語，並當删去。』又《文學下》『桓宣武北征』章『唤袁倚馬前』上批曰：『「倚馬前」不成語，亦文之拙處。』又《夙惠》『孫齊由、齊莊二人』章批曰：『叙事無章。』又《栖逸》『康僧淵在豫章』章『清流激於堂宇』上批曰：『堂宇亦難「激」者，是文之疏處。』一爲其分門之不妥。如《政事》『陸太尉詣王丞相』章批曰：『此亦宜入「言語」科。』又《方正下》『桓大司馬詣劉尹』章批曰：『此是「忿狷」，何「方正」之有？』又『阮公禄赴山陵』章批曰：『是自「簡傲」，何「方正」之有？』又《雅量下》『顧和始爲揚州從事』章批曰：『是「簡傲」耳，何「雅量」之有？』又《簡傲》『謝萬北征』章批曰：『萬是驕蹇不了以敗國事者，不得入「簡傲」之選。』一爲注釋之不愜。《夙惠》『孔融被收』劉注引裴松之語，批曰：『裴論腐，不當采入。』又《賢媛》『陳嬰者東陽人』章批曰：『注節略失實。』又《任誕上》『祖車騎過江時』章劉注引《晋陽秋》，批曰：『如《晋陽秋》所説，猶使擁護賓客而已，不知逖特自爲魁首淵藪也，注不當援之。』又『王、劉共在杭南』章劉注引《謝氏譜》，批曰：『尚書（謝裒）是鎮西（謝尚）之兄，注不明言，何以注爲？』又《排調上》『何次道往瓦官寺』章批曰：『宇宙，天地間也；終古，古今也。注皆謬。』又《惑溺》『韓壽美姿容』章劉注引《十洲記》，批曰：『外國之貢，謂晋武之時來貢也，注謬。』一爲其評語之不確。如《德行上》『管寧、華歆共園中鋤菜』章批李評曰：『不成評。』又《言語中》『諸名士共至洛水戲』章批曰：『王評不通。』又『陸機詣王武子』章批李評曰：『惡評不足辨。』又《識鑒》『王大將軍既亡』章批曰：『劉評不通。』又《任誕上》『張季鷹縱任不拘』章批曰：『季鷹唯能忘，故其名以忘而傳耳，王評謬。』

履軒對《世説》之批判，貌似面對該文本，實則針對當下文壇。如《自新》『周處年少時』章批曰：『「三害」叙事較之本傳，退何啻三舍。世人貴《世説》如金科，何居？』此乃針對徂徠提倡《世説》文章而言。又《假譎》『王文度弟阿智，惡乃不翅』章批曰：『「不翅」兩字似錯用，然當時俗語如此作竭後耳，於《世説》無可怪也。但今人蹈襲，好作若語，乃爲不可耳。』亦暗諷徂徠等人。考《徂徠集》中文字，『不翅』一詞屢見不鮮，若『不翅家君之幸也』（《同齋越先生八十壽序》，《徂徠集》卷九）；『今雨之歎想，不翅足下歟』（《復爽鳩子方》，《徂徠集》卷二十二）；『民間亦識字，不翅星官』（《與竹春庵》，《徂徠集》卷二十七）等。可知履軒實借古諷今，且力圖建立自身之評價標準。

惟履軒自信過甚，故時有以不誤爲誤，疑其不必疑，又改其不當改。如卷首陳文燭《刻世説新語補序》中『何長瑜、鮑照』句上批曰：『「照」疑當作「昭」。』實則在唐武則天時代，爲避其諱『曌』而將『鮑照』改爲『鮑昭』，明代無此必要。又《文學中》『林道人詣謝公』章『東陽時始總角』上批曰：『「始總角」不成語。』實則『總角』指兒童束髮爲髻，其狀如角，蓋指幼年。又《賞譽上》『林下諸賢』章『秀子純、悌並令淑有清流』上批曰：『「有清流」不成語。』實則『清流』爲當時題目人之用語，即清高雅潔之流。又《品藻上》『邊文禮才辯俊逸』章注『大羹之和』上批曰：『「大羹之和」不成語。』實則此語出自《禮記·樂記》之『大羹不和，有遺味者矣。』又《企羨》『王右軍』章劉注引『王羲之《臨河叙》曰』上批曰：『「臨河」兩字疑當作「蘭亭集」三字。』實則劉注保留《臨河叙》之題名甚爲珍貴，豈可以後世習知之《蘭亭集序》改易？又《賢媛》『許允爲晋景王所誅』章劉注引《魏志》『無何有人』四字上批曰：『有何人。』實則此句意謂『無何，有人……』，『無何』乃不久之意，豈可改爲『有何人』？又《簡傲》『王平子出爲荆州』章『時賢送者傾路』句上旁批曰：『「傾路」不成語，或是「傾都」之訛。』實則『傾路』乃形容路途擁擠。凡此種種，或不明語源，或不解文義，或不通俗語，或不諗避諱，加之刻意標新立異，遂以致誤。

履軒雕題此書時間不詳，考其引及前人之《世説注》，僅有《世説新語補考》和《世説鈔撮》兩種，二書分别刊刻於寶曆十二年（一七六二）和十三年，未及《世説鈔撮補》（刊行於明和九年，一七七二）或《世説新語補索解》（刊行於安永三年，一七七四），以此推斷，《雕題》之作當在寶曆十四年至明和九年之間。從用筆墨色和字迹之差異推斷，《雕題》至少經過兩次閲讀批注。

此書有《日本世説新語注釋集成》本。

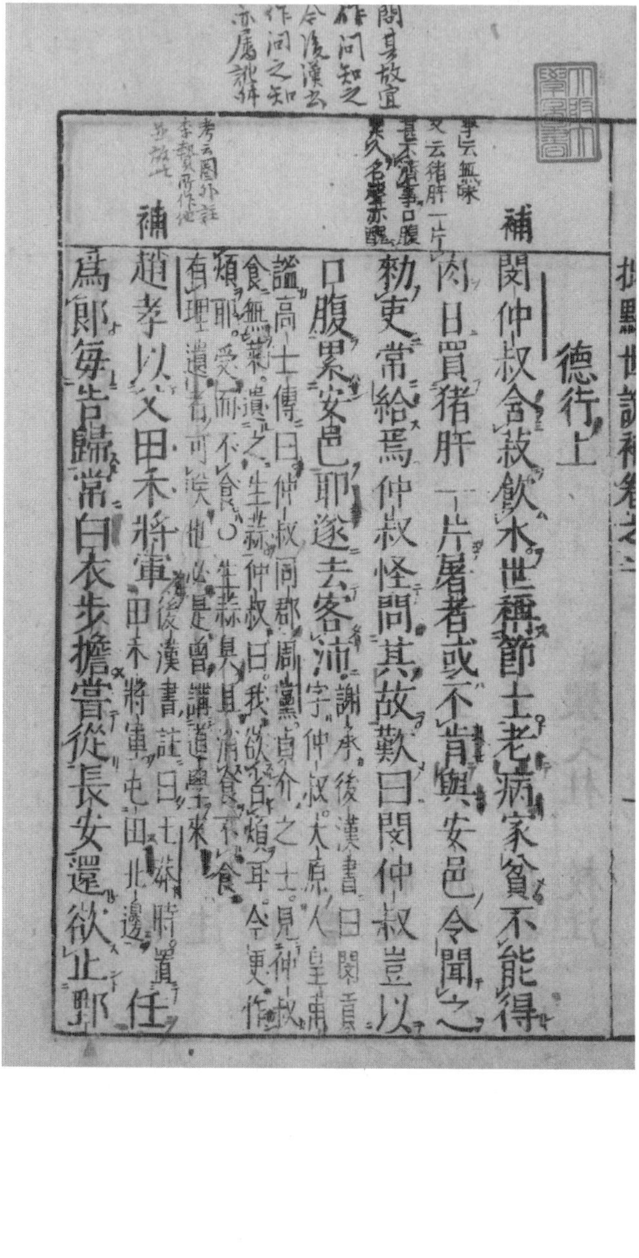

批點世說補卷之一

德行上

補 閔仲叔含菽飲水，世稱節士。老病家貧，不能得肉，日買猪肝一片，屠者或不肯與。安邑令聞之，勑吏常給焉。仲叔怪問其故，歎曰：閔仲叔豈以口腹累安邑耶？遂去客沛。謝承後漢書曰：閔貢字仲叔，太原人。皇甫謐高士傳曰：仲叔同郡周黨，貞介之士，見仲叔食無菜，遺之生蒜。仲叔曰：我欲省煩耳，今更作煩耶？受而不食。○生蒜臭且消食，不食有理。遺者可咲也。必是曾講道學來。

補 趙孝以父田禾將軍後漢書註曰：田禾將軍，屯田北邊，時置。任爲郎，每告歸，常白衣步擔。嘗從長安還，欲止郵

一三、皆川淇園《世説啓微》二卷

【著録】 《國書總目録》《江户漢學書目》

皆川淇園（一七三四—一八〇七），京都人，名愿，字伯恭，號淇園，又號有斐齋、筇齋、呑海子等，通稱文藏。父皆川春洞，名成慶，號白洲，東福門院御殿醫。弟成章（一七三八—一七七九），十九歲出嗣富士谷家，自以漢學不及兄淇園，别治國史、歌學，自成一家，然深受漢學家長兄之影響。淇園少穎悟，四五歲能識字。兄弟皆夙惠，成章一聞輒悟，淇園沉思善問。年甫十五，與成章見朝鮮通信使，席上唱和，頗得讚譽。後爲一大詩家，弟子三千餘人，臺閣諸公執弟子禮者甚衆，最得平户侯器重。文化四年歿，享年七十四歲，門人私謚曰『弘道先生』。子篁齋（一七六二—一八一九），名允，字君猷，能嗣家學（參見松村操《續近世先哲叢談》卷上）。淇園著述宏富，户川芳郎曾據《國書總目録》統計其目録，達一百十四種之多，現存六十九種，其稿本、抄本今藏京都大學附屬圖書館之『皆川文庫』。内容遍涉四部，而以考釋爲主，其訓詁文字，尤重聲音，爲日本江户時代罕見之卓越學者，乃當時京都『古學四大家』之一（另三家爲岩垣龍溪、佐野山陰、村瀨栲亭），與江户『五鬼』（冢田大峰、龜田鵬齋、山本北山、市川鶴鳴、豐島豐洲）並稱，皆當時學界之東西翹楚（參見《漢語文典叢書》第四卷户川芳郎『解題』，汲古書院，一九八〇年版）。淇園與文學相關之著，除詩集、文集外，另有《唐詩通解》《杜律評注》《韓柳文評注》《歐蘇文彈》《物服文彈》《淇園詩話》《淇園文訣》《有斐齋文訣》等。

淇園以爲，不辨字義不能作文，字義既通，文理始晰。故《世説啓微》之作，亦以解釋字義爲宗旨，尤其重在上下文句意之貫通。如《言語中》『道壹』章『未甚寒』下云：『此三字爲曰「乃先集其慘澹」言。』下句『乃先集其慘澹』下云：『「先集維霰」，《詩・小雅》句，道人之語放其音響，即前所以其言「整飾音辭」耳。』又《文學中》『孫子荆』章『未知文生於情，情生於文』下云：『上情孫，下情王，詭換法。』又《方正》『王丞相初在江左』章『義不爲亂倫之始』下云：『陸本吴中名族，固謂晋爲仇讎，故謂其結婚爲「亂倫之始」也。』

若原文隱晦，則往往揭發其言外之意，如《文學下》『孫興公道曹輔佐才如白地明光錦云云』：『按「明光」蓋謂如雲母光也。「白地明光」非以爲貴人之服，則人或莫識是錦者矣，刳裁以爲負版袴乎？人孰能睹知之乎？是無裁製之才之甚者。』又《賞譽上》『世稱庾文康豐年玉云云』下云：『豐年則玉貴，荒年則穀貴。「豐年玉」以喻治世之所貴，「荒年穀」以喻季世之所貴。』又『王長史』章『人可應有乃不必有云云』下云：『要是不與人競善，而無所害於人也。』又《品藻下》『王孝伯在京』章『此句爲佳』下云：『按此二句，其事含造化消息之機，而語又有感慨，是以爲古詩句中之最也。』（案此章劉義慶《世說新語》在《文學》）

各門類之中，每章宗旨若不明顯，則亦闡釋其義，如《排調》『顧長康』章『布颿無恙』下云：『「無恙」二字，蓋以暗譏其物愛之而不肯給也，是以特爲言之，以示其重之如人物之意，以爲謔耳。』又『顧長康』章『漸至佳境』下云：『不言味美處，而謂爲佳境，即是排調。』凡此諸說，皆可參考。

此書與當時其他諸家注《世說》有一明顯區别，即完全不提及此前或同時日本人注釋之著，僅偶爾對劉孝標注發表意見。此外，有四處特别加上『愿按』，似表明其創見之意。如《雅量上》『裴遐在周馥所』章『直是闇當故耳』下云：『愿按：「闇當」讀作「諳當」，蓋言素諳司馬之性若是，而其事與其所素諳相當之，故顔色得不變耳。此即與上「在周馥所」相映。』又《傷逝》『羊太傅』章『嘗慨然歎息云云』下云：『愿按：就峴山想古議後，其味雋永，趣在言外。』

對於門類之名，若涉難解，此書亦有注釋，如釋『雅量』云：『凡其人當遇非常之事，亦不變其平時之度者，皆收入此部。蓋雅，常也。平常之量本自弘大，以能容受其非常也。』又釋

『排調』云：『排遣人以其調謔也。』

淇園擅長作詩，亦熟悉唐詩，故其注釋往往揭示唐詩與《世説》之關係，如《言語中》『王安期』章『當爾時云云』下云：『爾時謂其言之之時也，形神俱往，以其北望言。又按王龍標「閨中少婦不知愁」，全篇旨趣，全自此來。』又『王子敬云』章『若秋冬之際尤難爲懷』下云：『李白詩「霜落荆門江樹空」一句，妙領得此語旨者。』

又值得注意者，淇園亦結合江户時期地方風俗以作闡釋，如《夙惠》『孔融』章『琢釘戲』下云：『今本邦信濃松本藩兒戲有名曰「臧」者，先用木條長二尺許者，其末鋭如釘，一人擲之，釘於地上，次擲者能以釘於前釘立之處使之倒，乃爲勝。此蓋琢釘之遺意。』此前大典禪師《世説鈔撮》注此，曾引周亮工《因樹屋書影》記載金陵童子有『琢釘戲』，已見『此戲相傳久矣』。淇園更引日本兒戲相況，以應本地風光。

淇園學養豐厚，此書勝義已略舉如上，然仍不免望文生義、自以爲是者。如《文學中》『殷中軍』章『輒翣如生母狗馨』下云：『馨猶云様也。生母狗唯守其所乳之子，不復移視於他。據此，「輒翣」是不見其一動掉之意。』將『輒翣』視爲一詞，實乃不辭。『翣』爲副詞，乃非常之意。又《文學下》『薛道衡』章『人歸落雁後』下云：『「人歸」句言人之歸當在秋後也。』此句實感歎自己歸家之日落在春天北飛群雁之後。又《賞譽上》『王平子邁世』章『絶倒』下云：

『「倒」當讀爲「到」，言以其理爲絶到，不復須言也。注云「三倒」，恐無是理。』實則『絶倒』以身體形態而言，此處作『折服』『傾倒』解，表示王澄對衛玠談道之欽佩無任，劉孝標注引時人語云『衛君談道，平子三倒』，正恰好傳達出此意。又《巧藝》『戴安道』章『畫行像』下云：『行像蓋行樂圖。』此處前人注釋亦多不確，如《世説新語補觿》云：『行像，所行人物。』《世説鈔撮補》云：『行像之行，亦與形通。』《世説新語補索解》云：『未詳。《觿》《鈔撮》各以臆，未切。』淇園此釋，較前人更進一步，然亦非正解。案『行像』實爲佛像之一種，與坐像、卧像相對而言。如鳩摩羅什譯《禪秘要法經》卷中云：『但見坐像，不見行像。』釋寶唱《比丘尼傳》卷二《建福寺道瑗尼傳》云：『於建福寺造卧像並堂，又製普賢行像。』釋道世《法苑珠林》卷十六『感應緣』載：『（戴）逵又造行像五軀，積慮十年。』正因其爲佛像，故庾道季譏諷戴畫『神明太俗，由卿世情未盡』。

據京都圓光禪寺道隱所撰《世説啓微跋》，此書之出版乃在淇園身後，由其子君猷整理成書，借圓光禪寺所藏活字於文化乙亥（一八一五）刊行，淇園其他著述亦多有經此途徑出版者。日本出版史上著名之『伏見版』，始於慶長四年（一五九九），終於十一年，即由京都伏見圓光寺刊行，以新雕木活字印出七部十一版古典活字版，故稱『伏見版』，又稱『圓光寺版』。圓光寺於寬文七年（一六六七）由伏見移至一乘寺村，散佚之木活字亦由該寺保存。《世説啓微》即此後印出，其版式與伏見版同，四周雙邊，有界，八行十七字，注小字雙行。匡廓内縱二一糎，横一五點三糎（參見福井保《江户幕府刊行物》）。故此書版本亦有可珍視者。

此書有《日本世説新語注釋集成》本。

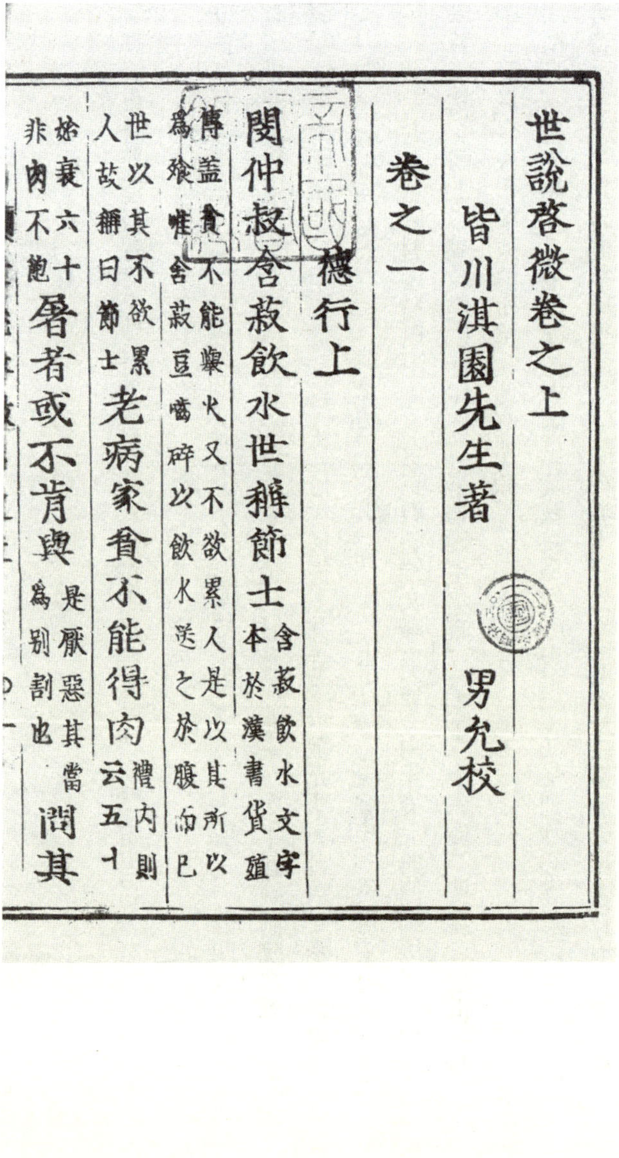
世說啓微卷之上

皆川淇園先生著　男允校

卷之一

德行上

閔仲叔含菽飲水世稱節士含菽飲水文字本於漢書貨殖傳蓋貧不能爨火又不欲累人是以其所以爲飧唯含菽豆嚙碎以飲水送之於腹而已世以其不欲累人故稱曰節士老病家貧不能得肉禮內則云五十始衰六十非肉不飽屠者或不肯與是厭惡其當爲別割也閔其

一四、高峰東晙《世説解捃拾》二十卷

【著録】《高峰東晙撰述目録》《新纂禪籍目録》《國書總目録》《江户漢學書目》

高峰東晙（一七三六—一八〇一），攝州池田（今兵庫縣東南）人。十歲（一七四五）在京都兩足院東陵曇延座下得度，十六歲從曇延受黄龍派印證，並升爲藏主。次年就靈洞院在溪慈穆受學，十九歲受法燈派印證，二十二歲登首座之位。又從三井寺顯道敬光學天台宗、密宗教義，從那波魯堂（一七二七—一七八九）、龍草廬（一七一四—一七九二）學經史，從慈雲尊者學悉曇。安永八年（一七七九）赴對馬島以酊庵，負責與朝鮮文職事務。兩年後大典禪師接任，曾作長談，臨别以詩互贈。四十二歲爲建仁寺住持，享和元年示寂，享年六十六歲。傳見《近世禪林僧寶傳》卷中，又見今人伊藤東慎所撰《黄龍遺韻》。

高峰學問精湛，著述頗多。他以建仁寺兩足院藏書爲學問規模，又受到妙心寺無著道忠之深刻影響，以考證爲主，乃當時禪林碩學之一。除内典考釋外，其著作之關於外典者，有《周易講解》《揚子法言考》《歐蘇手簡考證》《枝蔓録》《修辭雜録》等。

江户幕府佛教政策之一，即從寬永十二年（一六三五）之後，在五山僧人中選拔學問精深者爲碩學，輪流派往對馬島以酊庵，負責對朝鮮之外交事務。以酊庵爲僧玄蘇命名，因他出生於天文六年丁酉（一五三七），又在慶長二年丁酉（一五九七）建立該寺，故用『以丁酉』三字號爲『以酊庵』，成爲日朝外交史上重要場所（參見松田甲《僧玄蘇朝鮮の初旅》，收入其《韓日關係史研究》，朝鮮總督府一九二九年版；又《黄龍遺韻・雲外東竺と以酊庵修簡職》及附録《以酊庵主持籍》）。高峰爲五山碩學之一，大典禪師亦然，他們在對馬島有交接，大典禪師詩集中有《送兩足和尚任滿還京》，自注云：『兩足名東晙，號高峰，住建仁兩足院，輪住以酊，與余交替。』詩中有『十日歡難盡，三年遇那遲』（《北禪詩草》卷二），可見彼此傾慕已久。高峰《世説》注頗受大典影響，多處引用其説，其一而再注《世説》，實非偶然。

高峰有關《世説》注解有兩種，即《世説解捃拾》與《世説解》。兩書關係如何，前人論述不多。川勝義雄曾云：『抄本《世説解》與《世説解捃拾》，從題名判斷，按通常想象，當是先寫完「解」，其後爲「解」補闕拾遺，繼作「捃拾」。但若就内容考察，實非如此。』（《江户時代における世説研究の一面——建仁寺高峰和尚の研究をめぐって——》，載《東方學》第二十輯，一九六〇年）惜僅此而已，未作進一步闡發。細究其書，確以《捃拾》完成在前，《解》在後。《捃拾》一書多處引用大典禪師《世説鈔撮》《世説鈔撮補》《詩語解》《文語解》等書，但不及《世説鈔撮集成》。《世説鈔撮補》與《文語解》出版於明和九年（一七七二），《集成》刊行於寬政六年（一七九四），以此推之，《世説解捃拾》之成書當在此期間。而《世説解》一書引用《世説鈔撮集成》至少在三十則以上，有時未出書名，僅作『大典曰』云云，考其内容，實亦出於《集成》，可據此推知其成書時間在寬政六年之後。若再比較《捃拾》與《解》之内容，後者對前者有增有删有改。又《捃拾》一書多塗抹改竄，故疑爲高峰之稿本，而《解》則抄録清晰，極少更易處。《捃拾》補寫在頁面天頭之文字，《解》則全部寫入正文。兩者字迹不同，後者顯然有書名或人名之筆誤，疑爲他人抄本。高峰晚年擬重新解釋《世説》，取《捃拾》而修訂之，或未及完稿而其身先歿，故《解》僅及卷三《言語篇》『謝靈運』章而結束。惟《捃拾》一書原稿亦有殘缺，現存者始於《德行篇》『范巨卿爲荆州』章，而《解》則始於《世説》之『題名』。由以上種種推斷，《捃拾》之成稿當早於《解》。又案『捃拾』一語亦出自《世説補》，見《德行上》『范史雲』章『以捃拾自資』，岡白駒《世説新語補觽》釋曰：『謂捃拾遺穗以自資也。《詩》云：「彼有遺秉，此有滯穗，伊寡婦之利。」』借用之以示自謙。

自《高峰東晙撰述目録》（見《黄龍遺韻》）著録此書爲四卷，後來祖述者不一，皆沿用此説。核諸原書，似當作二十卷。即以《世説新語補》二十卷爲序，依次解釋（惟第一卷有缺）。

此書僅存寫本（亦有可能爲高峰之稿本），今藏日本京都建仁寺。

《捃拾》重在語辭解釋，其根據或在字書，以《德行》篇引用者而言，便有《説文》《爾雅》《玉篇》《韻會》《正字通》《（康熙）字典》《（諧聲）品字箋》等，又有各種經史典籍注釋，尤其值得重視者，乃内典注釋。以《德行》篇爲例，如『華子魚』章『將無以』云云下曰：『《肇論疏》曰：「將無者，豈非也。」』即出於元人文才述《肇論新疏》卷中，爲諸典籍中最早對『將無』一詞之注。由於《世説》多記言，其中含有若干口語，故其注亦結合禪宗語録爲釋。如『沐德信』章『汝欲作沐德信那』下云：『《品字箋》曰：「那又與哪同去聲，猶俗語之麽字也。」《臨濟録》曰：「者漢困那？」《傳燈（録）》曰：「德山，問你不肯老僧那。」』此皆與其僧人身份有關。

《捃拾》一書之學術淵源，既有釋家系統，如釋大典諸注，亦有其他諸家《世説》注，如岡白駒《世説新語補觿》、桃井源藏《世説新語補考》，並涉原書所附劉辰翁、王世懋、李贄等人評語，且時有臧否。如『陳太丘』章『絜』字下云：『《觿》言韻書無此字，誤也。』又如『誕節直意』下云：『《考》説未穩。蓋放誕其節，不枉志意也。《漢書·叙傳》曰：「陳湯誕節。」師古曰：「誕節，言其放誕不拘也。」』又有闡發完善前人意見者，如『劉尹』章『綿惙』下云：『《考》《鈔》。按「惙」從心從叕，叕，將絶不絶之意，其氣息綿綿未絶也。《説文》曰：

「綿，聯，微也。」』又如『殷仲堪』章『登枝捐本』下云：『《鈔》。按「枝」謂末也。《大學》曰：「德者，本也；財者，末也。」此「枝本」蓋謂財（富貴）、德也。』高峰對原書評點亦有闡發，如『王戎父渾』章劉辰翁評曰：『晚節乃握牙籌鑽李核。』高峰闡發云：『評意戎初不受賻者似廉，晚節鑽核，何好貨之甚而不似初乎？』又如『王平子』章李贄評曰：『嗣宗有托而逃。』高峰云：『阮籍之荒放，蓋有托而逃者，今此諸人徒效顰之，故笑之也。』凡此皆有益讀者參考。

《世說》之注頗爲不易，此書訛誤亦在所難免。如《德行上》『王祥』章劉孝標注引虞預《晋書》『陵遲』下云：『此蓋謂年老身衰也。』實當作拖延、淹滯解。又《言語中》『謝太傅』章『陶寫』下云：『《（康熙）字典》曰：「陶，揚子《方言》：『陶，養也。秦或曰陶。』又《後漢·杜篤傳》云云，注：『《韓詩》曰：陶，暢也。』又《廣韻》：『正也，化也。』」按：蓋化義也，猶陶工埏埴化成器物也。寫，《詩·邶風》「以寫我憂」注：寫，除也。』實則『陶寫』即『陶瀉』，合爲一詞，不宜分開訓釋。至於《言語上》『許汜』章『豪氣』上批云：『王元美詩曰：「元龍末下當時傲，湖海看君意轉親。」此詩改「豪」爲「傲」，可知豪氣者傲氣之謂也。』姑不論豪氣不同於傲氣，此詩亦非王世貞之作，實爲李攀龍《於郡樓送茂秦之京》句。但總體而言，《捃拾》博引群書，注解細密，在江户時代《世說》注中，允爲佳作。

此書有《日本世說新語注釋集成》本。

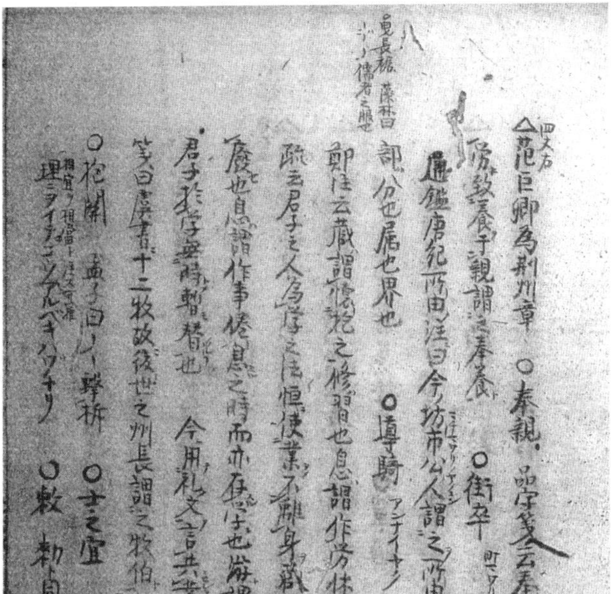

△范臣卿爲荊州章 ○奉親 品字箋云奉又養也侍也人子效力乎親謂之服
勞致養于親謂之奉養 ○街卒 書敘指南曰所由之類曰…
通鑑唐紀所由注曰今坊市公人謂之所由 ○行部
部分也居也界也 ○導騎 ○遊息 礼学記十八曰…
鄭注云藏謂懷抱之修習也息謂作勞休止於之息遊謂閒暇無事於之遊
疏云君子之人爲学之法恒使業不離身藏謂心常懷抱学業也修謂修習不
廢也息謂作事倦息之時而亦在於学也遊謂閒暇無事遊行之時亦在於学言
君子於学無時暫替也 今用礼文言共業也 ○牧伯 刺史ヲ云 品字
箋曰虞書十二牧故後世之州長謂之牧伯 ○卒伍 ○晨門
○抱關 孟子曰抱關擊柝 ○士之宜 說文曰宜所安也增韻曰適理也
理ニヲイテ…ベキハウナリ ○敕 勅ト同シ戒メ… ○先備

一五、高峰東晙《世説解》三卷

【著録】《高峰東晙撰述目録》《新纂禪籍目録》《國書總目録》《江户漢學書目》

高峰東晙，傳見前書序録。此書僅存寫本，今藏日本京都建仁寺。

此書爲《世説解捃拾》之後續著作，撰寫於其晚年。二書學術宗旨一貫，惟此書對前書多有補正。如《德行上》『范巨卿』章，《捃拾》所釋正文條目有『奉親』『街卒』『行部』『導騎』『遊息』『牧伯』『卒伍』『晨門』『抱關』『士之宜』『敕』『先傭』；《解》增加『捉臂』『太學』二條。又『曳長裾』在《捃拾》乃補寫於天頭，在《解》則寫入正文，且有大幅補充。《捃拾》中原有釋『敕』，因同樣内容已見此前『閔仲叔』章，故於《解》中删之。釋劉注條目原有『厲行』『服』『知其不可』三則，《解》又增『遂宿下亭』『閽人』兩則。釋『下亭』引『大典曰』云云，出於其《世説鈔撮集成》。『閽人』條下曰：『一作「閒人」，非也。』作『閒人』乃元禄七年（一六九四）刻本，『閽人』則爲安永八年（一七七九）校正改刻本。又如『陳太丘』章，《捃拾》釋正文條目原有『貧儉』『（僕）役』『後從』『尚小』『應門』『行酒』『下食』『著車、著剎』『剎』等，《解》增加『真人』一目。『著車』條《捃拾》引《文語解》云：『著，後漢以來之語，此字用如在。』而在《解》中直接釋曰：『著，猶在也。後漢以來之語。』删去『《文語解》』云云。同章劉注『署其里』下，《捃拾》作『署，書也，題署、旌表之意也』。《解》則改爲『置其里，一本作「署」，是也。署，書也，題署之意，旌表其德也』。作『置』爲元禄七年本，『署』爲安永八年本。又有《捃拾》僅作提示而省略文字，如『徐孺子』章云『所在，《鈔撮》云云』，『五府，《考》』等，在《解》中則將全文録出，但常常略其出處，如『所在，謂道所經處也』，『五府，東漢時，以太傅上公、太尉公、司徒公、司空公、大將軍爲五府』。兩則注釋實出於《世説鈔撮》和《世説新語補考》。又如《德行下》『王僕射』章『秘書有限』下《捃拾》云：『《考》，《觽》説非。』此表明取《考》之説而不取《觽》之説，但《觽》説究竟如何，却並未説明。同條《解》云：『有限，有員也。岡白駒以之爲居職有日限，非也。』即用《考》糾正《觽》，但亦略其出處。

亦有列舉他説而繼作判斷者，如《德行上》『朱文季』章『吾以信於心』下云：『大典曰：以一作已，同音相通，然作以有味。愚以信於心者謂未忘於心也。』《言語中》『郭洗馬』章『居不遐外』下云：『《考》曰：「按《吴志·賀邵傳》注：居不作客居。」「遐外謂遠地邊土也。」』

一《文選》劉琨《勸進表》：職在遐外。」白駒言：「不遠交外人也。」駒説似非，當以《考》爲是。』又『孟萬年』章『餘燼假息』下云：『《考》曰：「《綱目》注：餘燼，遺民也。假息，猶言少延視息也。」大典曰：「餘燼，謂餘寇也。假息，言猶存也。」大典説似是。』皆先列二説，然後作出判別，頗有斷制。

高峰自身作注，亦有精彩處。如《言語中》『支道林』章『道人畜馬不韻』下云：『不韻，《品字箋》曰：俗以作事寡趣曰不韻。韻，風度也。』此《捃拾》之原釋，《解》云：『不韻，倭語不風雅之意。《品字箋》曰：俗以作事寡趣曰不韻。或曰：韻，風度也。』將『韻』與日語『風雅』作類比，又以『風度』釋之，頗得其解。又關於五石散，《德行上》『初桓南郡』章『嘗因行散』下云：『《鈔撮》：服五石散，行步而運氣也，又曰行藥。《文選》鮑昭（照）《行藥至東橋》詩。《考》曰：散，寒食散也，又曰五石散，或曰八石散。六朝貴族多好服之，服後步行以宣導之，謂之行散。』皆他人之説。《解》於《言語上》『何平叔』章『服五石散』下云：『五石散，即寒食散也，已出。或云，《嬾真子》曰：後漢以來，方書中有五石散，又謂之寒食散。論者曰：服金石人不可食熱物，服之則兩熱相激，故名，謂之寒食則可也。然《晉史》載裴秀服寒食散，當飲熱酒而飲冷酒，薨年四十八。據此則又是不可飲冷物也。後問一名醫，答云：食物則宜冷，而酒則宜熱。僕初不信，後讀《千金方》第二十五卷，解五石毒，一切冷食，唯酒須令温。然則《裴秀傳》所謂當飲熱酒亦非也。』堪稱一篇具體而微之《寒食散考》（此余嘉錫名文，收入《余嘉錫論學雜著》）。此則《捃拾》未釋，惟在天頭有一段文字，《解》寫入正文。

然亦有雖經補正，仍有訛誤者。如《言語上》『許汜』章『豪氣不除』下，《解》云：『大典曰：「惜其淮海之秀士，而無君子之量也。豪猶言傲也。卷十陳季弼謂元龍曰：遠近頗謂明府驕而自矜，即是意。」或曰，《七（才）子詩集》王元美詩曰：「元龍未下當時傲，湖海看君意轉親。」此詩改「豪」爲傲，可知「豪氣」者，傲氣之謂也。又有麤豪之語，可併按。』大典語見《世説鈔撮》。『或曰』下引詩見《七才子詩集》卷一，但仍屬李攀龍名下，非王世貞句。

《高峰東晙撰述目録》著録此書爲一卷，並謂『宋劉義慶《世説新語》之注解』，實有誤。其注解者爲《世説新語補》，且有三卷。

此書有《日本世説新語注釋集成》本。

世説解

題名

△劉義慶　宋書列傳十一　長沙景王道憐第二子，繼臨川烈武王道規。永初元年襲封，六年加尚書左僕射，出為平西將軍、荊州刺史，改授江州，又遷南兗州刺史，尋即本號加開府儀同三司。爲性簡素，寡嗜欲，愛好文義，招聚文學之士，近遠必至。太尉袁淑文冠當時，義慶在江州，請為衛軍諮議參軍。其餘吳郡陸展、東海何長瑜、鮑照等，並為辭章之美，引為佐史國臣。所著世説十卷，撰集林二百卷，並行於世。在廣陵有疾，而陳求還，京尹許解州，以本号還朝。二十一年薨于都下，追贈司空，謚曰康王。

一六、服部仲山《世説》筆記三種

此書未見著録。

服部元立（一七三六—一八〇八），字仲山，號霸陵、芙蓉館。江户人。服部元雄（一七一四—一七六七）之子，元雄字仲英，號白賁、蹈海，本姓西村氏、中西氏，服部南郭之子惟恭（一七二四—一七四〇）早卒，遂入贅爲養子婿，並冒服部姓。服部仲山以父爲師，故能傳服部氏家學，其批注《世説新語》，所延續者即爲服部南郭之學脉。

日本早稻田大學圖書館『服部文庫』所藏服部仲山手稿，有三件與《世説新語》有關，其一爲《世説・左傳・學則聞書》，編號爲『イ17/2119/25』。所謂『聞書』，乃筆記、札記之意；其二爲《世説》，編號爲『イ17/2119/28』，姑名爲《世説一》；其三亦同爲《世説》，編號爲『イ17/2119/37』，姑名爲《世説二》。今合而爲一，擬名爲《〈世説〉筆記三種》。

《世説聞書》封面有《世説》之題，題下云『《考》《撮抄》（案：當作《抄撮》）』。《世説新語補考》及《世説鈔撮》先後刊行於寳暦壬午（一七六二）、癸未（一七六三），故服部氏得以參考。次行云：『寛政戊午十年二月記。』可知該筆記時間爲一七九八年，内容爲《世説新語補序》。再次行云：『後又享和三年亥九隨手記。』蓋指其以下筆記時間在此後之享和三年癸亥九月，即一八〇三年，内容爲《德行上》。前者抄自釋大典《世説鈔撮》，後者僅釋『雍熙』『雞骨』二詞。

《世説一》，正文題下云：『不必上知，姑取其下者備忘，又或傍引爲熟習。』可知此乃日常讀書筆記之類。其中注釋，皆出於其手，始於『序』，最末一頁乃《儉嗇》《汰侈》《忿狷》《尤悔》《紕漏》，其未完者乃寫於封面，雖未標明門類，細察之，實爲《惑溺》《仇隟》兩篇之注，儘管簡短，亦能有始有終。其所注者，大致皆語辭及典故。此卷未提及任何一家《世説》注，然細考其文，實有以『一説』暗引者。如《德行》『將無』下云：『一説：「《綱目集覽》：將無猶言無乃、得無之類。」胡三省《通鑒注》意以爲是，而未敢自主。』又如《言語》『惻（側）息』下云：『一説引《孔叢子》作側息，言側鼻而息，謂不安也。姑備。』皆出於桃井白鹿之《世説新語補考》。又『管張』下云：『一説張蓋趙袞也。又一説狐偃，引《魏略》劉廙《謝劉表牋》，末有「管狐桓文之烈」。姑備問。』前『一説』雖出自《世説新語補觿》，實由桃井氏書轉引而來，後『又一説』即出自《世説新語補考》。惟二書所釋皆誤，仲山未能更正。

《世説二》，僅涉《德行》《言語》兩篇，未有寫作時間，其條目皆《世説一》所未列者，以此推之，似當在其後，具有補遺性質。其中三則皆明引『《考》云』，由此可見，服部氏對桃井書頗爲欣賞。

此書有《日本世説新語注釋集成》本。

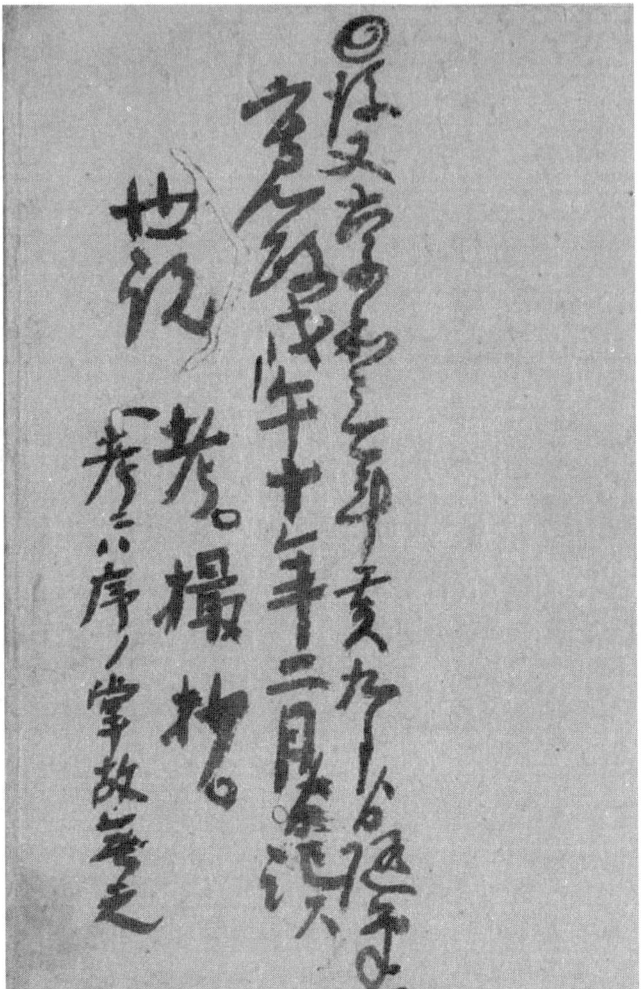

服部仲山《世說聞書》

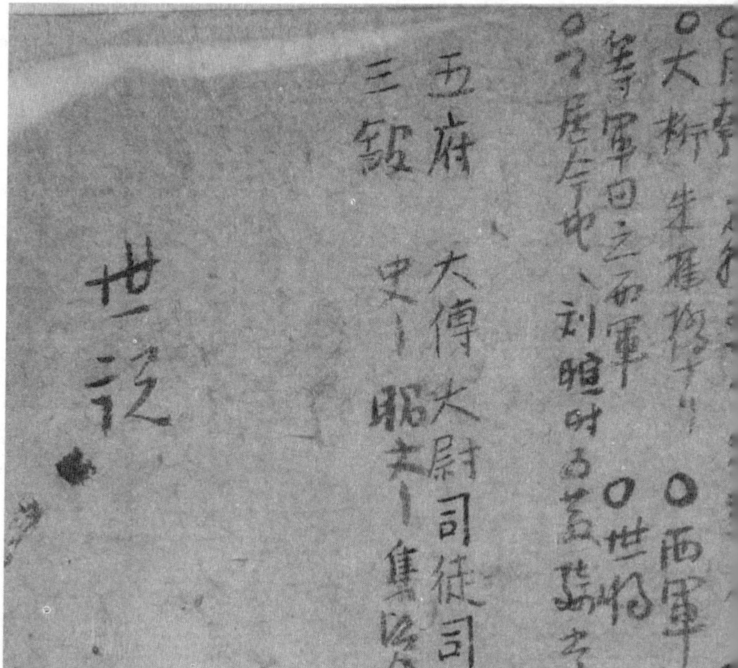

服部仲山《世説一》

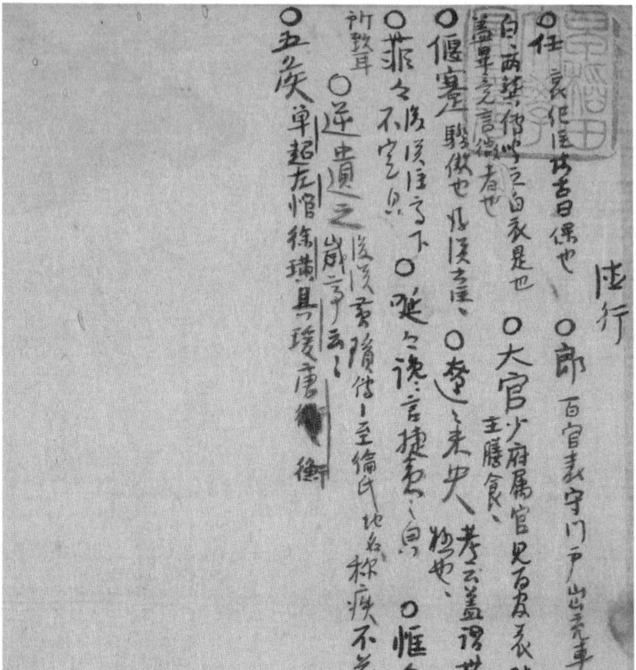

一七、田淵維善《世説新語補集覽》

【著録】《國書總目録》《江户漢學書目》

田淵維善，字千里，生平不詳。此書無序跋，内容自《德行上》至《言語下》『張天錫爲涼州刺史』章，乃一未完稿。全書以綜合前人注解爲主，擇其新意，彙集成篇，以便讀者閲覽，故名其書曰『集覽』。其引用諸書，皆以簡稱，《觿》指岡白駒《世説新語補觿》，《考》或《補考》指桃井子深《世説新語補考》，《鈔》或《抄》指大典禪師《世説鈔撮》，《補》指《世説鈔撮補》，《撮》指《世説鈔撮集成》。其中《世説鈔撮集成》刊於寬政六年（一七九四），則此書之撰必在其後；其引書未及《世説啓微》《世説音釋》等，故成書時間當不至文化末年，姑且推斷爲享和至文化十二年（約一八〇一——一八一五）間。此書今存一抄本，藏日本關西大學圖書館。又《國書總目録》著録稿本一册，收藏於著名學者長澤規矩也『學書言志軒』中。

據此書明確徵引者統計，引《觿》四十一則，《考》一百零七則，《鈔》六十八則，《補》二十六則，《撮》七十一則，實際遠不止此數。其徵引諸書，往往承上省却書名，如《德行上》『髙令袁毅在政貪濁』章，除第一則引《考》，以下連續三注均出於《考》；又『桓南郡既破』章，第一則引《鈔》，以下連續三則皆出於《鈔》；又《言語中》『陶公疾篤』章『加羽葆、鼓吹』注出於《補》，以下連續三則亦出同書，皆承上省略。惟有時省略致誤，亦不得不注意。如《德行下》『庾子輿父卒官巴西』章第一則注出自《鈔》，其下一則省略書名，實際出於《撮》；『陽城歲饑』章第一則注出於《考》，其下復省略書名，實際出於《鈔》。亦偶有雖出書名，而實則有誤者，如《德行上》『王戎、和嶠同時遭大喪』章『和嶠生孝，王戎死孝』下引《撮》，實際内容出於《考》。此或筆誤，或抄寫致誤。

此書解釋文辭及語意，以簡明爲主，前人有歧義者，擇其善者而録之，不作辨析，故全書亦少有撰者意見。唯一處貌似其案語，見《言語中》『孟萬年好飲』章『餘燼假息』下云：『《綱目》注：餘燼，遺民也；假息，猶言少延視息也。』案語云：『《補考》引《綱目》注，然余以爲餘燼謂餘寇，假息言猶存也。』實則亦出於釋大典之《世説鈔撮補》。此外尚有若干注釋，不見於其徵引諸書，疑爲撰者添注。如《德行下》『顧常侍清介持操』章『内弟長（張）率』下云：『《儀禮》：甥謂之内兄弟。』又《言語中》『崔正熊詣都郡』章『民』下小字注：『崔正熊自言也。』又『簡文作撫軍時』章『爲王前驅』和『從公于邁』下云：『王指簡文言也』，『公指桓宣武言也』。又輯録前人注，復以小字作增注者，亦疑出自撰者之筆。如《德行上》『吴道助附子』章『大吴不免哀制』下引《撮》：『《後漢書·黄香傳》：「思慕憔悴，殆不免喪。」注：免喪，終喪也。』其下小字注：『言不終喪而死也。』又《言語中》『庾公嘗入佛圖』章『疲於津梁』下引《鈔》：『「津梁」本出《列子·湯問》，此以謂濟度也。』其下小字注：『喻濟度衆生也。』或爲撰者之注。

此書現存者爲一抄本，故頗有訛誤。抄寫者往往添加案語，予以更正。如《德行下》『齊高帝鎮東府』章『訛黑斜鋭』至『亦通』下小字注：『此自「訛」至「通」四十八字，當入「但遺簪敝履」之上。』又『顧常侍清介持操』章『寺卿，《撮》：蓋太常寺卿也』下小字注：『是九字當在「身上襦」之前，傳寫之訛也。』又《言語中》『中朝有小兒』章『東晋時謂西晋時爲注朝』旁有小字云：『「注」可作「中」，字誤也。』此注原出《世説鈔撮》，校以原文，『注』正作『中』。然而抄寫者本身亦頗有筆誤，如《德行上》『殷仲堪既爲荆州』章『牽物』下引《考》：『牽，朔律切，先導也。』兩處『牽』字皆爲『率』字之訛；又『王喬從會稽還』章，『喬』當作『恭』；『薦上』引《鈔》：『藁曰薦，席曰完。』『完』爲『莞』字誤。《德行下》『昭明太子』章『注精於義學』下未録文字，顯然有遺漏（或當作『《撮》：謂佛法也』）。

《世説新語》中若干語辭頗爲難解，此書撰者偶有詮釋，往往一語中的。如《德行下》『許玄度將弟出都婚』章『總角』下：『言幼少之時也。』又如《言語中》『支公好鶴』章『軒翥』下云：『欲飛不能飛之貌。』然亦有愈解釋其義愈晦者，如《言語中》『支道林常養數匹馬』章『不韻』下云：『韻，風也，猶言不風也。』而『不風』之難解更甚於『不韻』。

此書有《日本世説新語注釋集成》本。

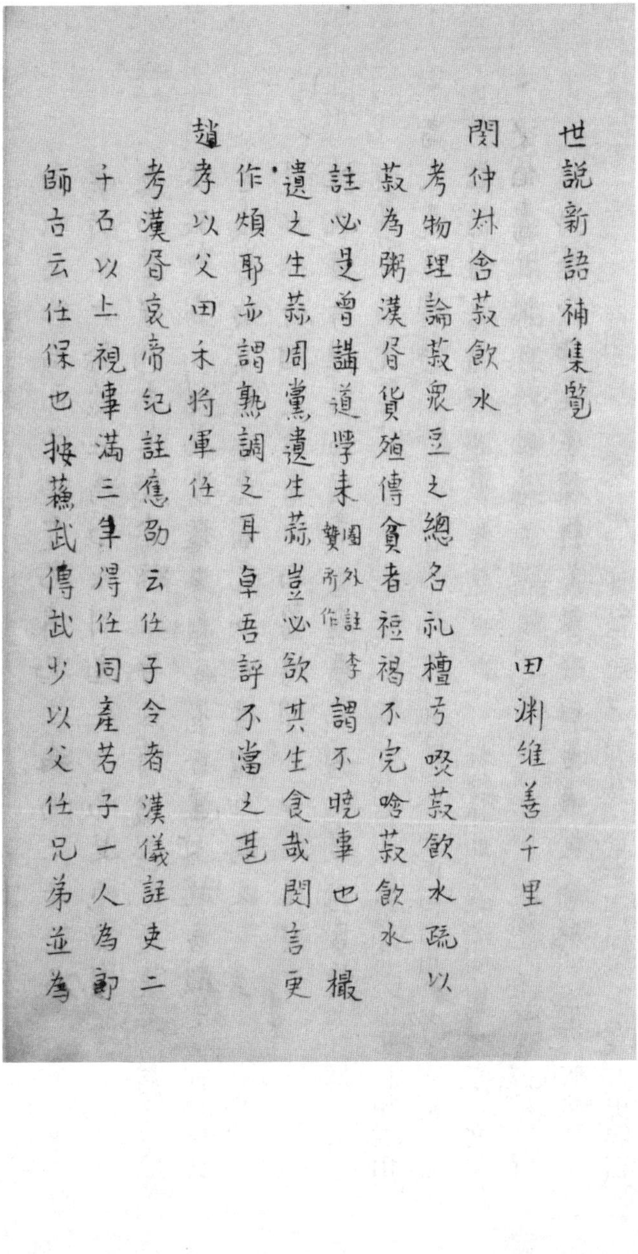
世說新語補集覽　田淵維善千里

閔仲叔含菽飲水

考物理論菽衆豆之總名禮檀弓啜菽飲水疏以菽為粥漢書貨殖傳貧者裋褐不完唅菽飲水註必是曾講道學來（圖外註雙所作）李謂不曉事也撮遺之生蒜周黨遺生蒜豈必欲其生食哉閔言更作煩耶亦謂熟調之耳阜吾評不當之甚

趙孝以父田禾將軍任

考漢書哀帝紀註應劭云任子令者漢儀註吏二千石以上視事滿三年得任同產若子一人為郎師古云任保也按蘓武傳武少以父任兄弟並為

一八、恩田維周《世説音釋》十卷

【著録】《東壁堂藏版目録》《日本續人物誌》《近代著述目録續編》《近代著述目録後編》《東壁堂製本目録》《德川時代出版者出版物集覽》《國書總目録》《古典籍總合目録》《江户時代尾州書林書肆别出版書目集覽》《江户漢學書目》

恩田維周（一七四三—一八一三），字仲任，號蕙樓、白山、卮園，尾張（今愛知縣）人。岡田宗愛之子，岡田新川（一七三七—一七九九）之弟，後出爲恩田宗致養子。師事松田君山（一六九七—一七八三），研究國學與佛典，善作詩文，其才學造詣，與岡田新川齊名，人稱『尾府連璧』。學業既成，任尾張侯近侍。享和二年（一八〇二），任繼述館總裁兼明倫堂教授。文化十年殁，享年七十一歲。著述頗富，據東壁堂刊行《世説音釋》末附《蕙樓先生著述書目》所列，有四十二種之多，編者尚云『先生著述不止此矣』。内容遍涉四部，經部如《毛詩管窺》一卷、《左傳考證》一卷、《左傳删正》一卷，史部如《史記考》五卷、《史記辨誤》五卷、《史記補正》五卷、《國語考》五卷、《漢書考》五卷、《漢書質疑》二卷、《古史略》一卷，子部如《荀子考》二卷、《淮南子考》二卷、《五雜組備考》十六卷，集部如《唐詩選訂訛》一卷、《重訂王建詩集》九卷、《白山文集》二卷、《白山詩集》三卷等，其他如文字音韻、書畫隨筆等，不一而足。關於《世説新語》，除此書外，另有《世説訂疑》三卷，今不存。江户時代之流行讀物，《世説》而外，又有《蒙求》，仲任亦著《蒙求考證》三卷、《蒙求續貂》三卷及《新蒙求》（一名《日本蒙求》）三卷。

《世説》之有注，以梁代劉孝標最爲著名，但在當時日本人看來，『其爲注雖贍洽，唯舉異聞，不訓難字，故勾棘難通者往往存焉』（菅原長親《世説音釋序》）；或云『孝標注與酈道元之注《水經》、李善之注《文選》並稱三大注，然惟博引傳記，不解難義，讀者病焉』。而江户以來日本『諸家注解累出，一非一是，動執偏見，不可折衷』（礒谷正卿《世説音釋序》）。由此形成此書之特色：一在『音釋』，即所謂『博稽群籍，旁集諸家，以解其義，從而音之』（菅原長親《世説音釋序》），既標其音，又解其義；二在折衷衆説，『於諸注解中，取其最穩者，且附以己意』（礒谷正卿《世説音釋序》）。有文化十二年（一八一五）尾張書肆東壁堂刊本。

所謂『音釋』，非日語之音讀訓讀，乃指漢語讀音釋義。自荻生徂徠强調以『直讀』方式閲讀漢籍，時人皆重視讀音。此書注音方式有三，涉及原文及原注：一曰反切，如《德行上》『趙孝』章『告歸』下云：『告，古到切。』《言語中》『鄧艾』章注『處所』下云：『處，昌據切。』二曰『音某』，《言語中》『司馬景王』章注『毌丘儉』下云：『毌音貫。』又《方正下》『向雄』章注『尚書僕射』下云：『射音夜。』三曰四聲，《言語中》『陶公』章注『相關』下云：『相，去聲，相人之相。』又《文學中》『謝安』章注『論難』下云：『難，去聲。』惟漢字多音，音不同則義往往異。若僅據字書，不顧上下文義，便不免致誤。如《德行上》『梁伯鸞』章注『非』下云：『去聲，毁也。』案《韻會》標舉『非』字讀音有三，一爲匪微切，音飛，平聲；二爲妃尾切，音斐，上聲；三爲方未切，音沸，去聲。原文作『肅宗聞而非之』，此處『非』作『非議、誹謗』解，仲任釋作『毁』是也，但其讀音當作平聲。又《言語中》『鄧艾』章注『規度』下云：『入聲。』案『度』字《韻會》作兩讀：一徒故切，去聲；一徒落切，入聲。規度之『度』當讀作去聲。

之前諸家注釋，多有與前人辯駁者，此書則較少，蓋以折衷爲主。其個人見解往往散於各處，堪稱『碎金』。如《言語中》『謝太傅』章『人事』下云：『猶言我事，蓋言二弟之佳不佳亦何與我事相預，雖然，正欲其佳耳。』其解甚是。又有以『仲任按』作明確標示者，約十一則，涉及原書、原注及評點，尤堪注意。《文學中》『汰法師』章劉孝標注『安公弟子』下云：『仲任按，《梁高僧傳》曰：「竺法汰，東莞人，少與道安同學，雖才辯不逮，而姿貌過之。」據此説，非安公弟子也。』案：仲任此説是，《高僧傳》亦有云：『或有言曰，汰是安公弟子，非也。』又《文學下》『何子季』章『領軍司馬』下云：『仲任按：《南史》曰「梁武帝霸朝建，引爲軍謀祭酒，不至。及帝踐祚，詔爲特進、光禄大夫，遣領軍司馬王杲之以手敕諭意」云云，何氏誤讀《南史》文，以領軍司馬爲何胤官，非也。』此説亦是。何良俊誤讀《南史》處頗多，此書往往予以揭示。又《方正下》『周叔治』章劉孝標注『阿奴，謨小字』下云：『仲任按：阿奴，南北朝呼人通語。隋麥鐵杖呼其子三人爲「阿奴」可證。《雅量篇》云：「阿奴火攻，固出下策耳。」周嵩、周謨不應同小字，阿奴非周謨小字審矣。』『阿奴』實爲六朝人表親昵之稱，此爲較早更正劉注之誤者。卷末『附考』專釋『五官中郎將』，亦以『仲任曰』領起，其説頗可參考。然亦有不知其所據，故令人不解者。如卷首『釋名』下引《文獻通考·氏族考》引《路史》，其中有『兩處仲，一敦字，一湛字』云云，『仲任按：王湛字處叔，非處仲也』。然古籍記載王湛字，多作『處冲』，或作『處仲』（《路史》外，又見《册府元龜》卷九百八『雜伎』），未見有作『處叔』者，此不知其所據爲何。又《賞譽上》『裴令公』章王世懋評『汪翔』下云：『仲任按，曹子建《龜賦》曰：「懼沈泥之逢殆，赴芳蓮而巢居。安玄雲而好静，不汪翔而改度。」「汪翔」即汪洋，《史記正義》曰：「洋音翔。」』惟曹植《神龜賦》原句或作『淫翔』，或作『注翔』，未有作『汪翔』者，此亦不知其所據爲何。又偶有疑其不當疑，是其不當是者，如《德行上》『祖光禄』

章劉孝標注『平北』下云：『仲任按：注以王平北爲王乂，恐非，事見《王敦傳》，敦亦爲平北將軍。《祖納傳》亦曰：「平北將軍王敦遺其二婢，辟爲從事中郎。」王平北所指爲何人，自汪藻《世説考異》引敬胤注云王乂，錢大昕《廿二史考異》、李詳《世説新語箋釋》均有所考，皆以劉孝標注爲是，以《晋書》爲非，仲任之説恐未諦。至於《文學中》『有北來道人』章釋『小品』，以鳩摩羅什譯《般若波羅蜜經》十卷二十九品當之，陳寅恪已指其謬（參見其《逍遥遊向郭義及支遁義探源》）。

仲任有較强文學趣味，故其釋文多引文學類書，或予發揮，或作辨正。《言語中》『毛伯成』章引鍾嶸《詩品》『齊參軍毛伯成』條云：『或是别人，或《詩品》誤「晋」字爲「齊」字耶？』案：《詩品》之舉詩人時代，疵病頗多，清咸豐年間張錫瑜之《鍾記室詩平》亦對此條質疑，然晚於仲任。又《政事》『楊得幹』章『漢』下引《蘇氏演義》曰：『今俗駡人曰「漢」，蓋晋末胡亂中原故，胡人駡中國曰「漢兒」。』（蘇氏書原本十卷，今僅《永樂大典》殘餘二卷，此條亦不存）今人多以陸游《老學庵筆記》卷三『今人謂賤丈夫曰「漢子」，蓋始於五胡亂華時』云云爲據，實則唐人蘇鶚已言之，仲任所引甚是。又《賞譽下》『益州』章『雲和殿』下云：『《南齊書》《南史》皆作「靈和殿」，此作「雲和殿」，誤。唐彦謙詩云：「不知新到靈和殿，張緒何如柳一枝。」益知「雲和」之謬。』偶有引證不確者，亦不足爲病，如《夙惠》『孔融』章

『琢釘戲』下引『周諒《因樹屋書影》』，『諒』當作『亮工』，此則文獻最早由大典禪師徵引。

仲任此書，頗得清儒實事求是之旨，凡不能解釋者，往往標以『未詳』，以待後人。如《方正上》『魏文帝』章『國危不事冢宰』下云：『當是古語，未詳出處。』案：《論語·泰伯》有『危邦不入』語，蓋由此演化而來，清人龔煒《巢林筆談》卷一謂此爲『避嫌語』。又《術解》『樂人』章『翻調』下云：『未詳。翻蓋協律之意，以文士之詩翻爲樂府之歌，故曰翻。』案：『翻調』爲音樂術語，乃『犯調』之一，指移調演奏或改編新曲。《任誕下》『韓熙載』章『入末念酸』下云：『未詳。……仲任按：末蓋副末也。念蓋道念也。酸，細酸也。但入字不可解。』案：『末』『酸』代指不同角色，『入』作動詞，參與之意，『念』指念白，蓋謂舒雅扮演各種角色以爲笑樂之舉。又《汰侈》『王君夫』章劉孝標注『捶（棰）頭』下云：『未詳。《説文》曰：「腄，馬及鳥脛上結骨。」《韻會》曰：「臀也。」疑「腄」誤作「捶」。……《齊民要術》作「插頭」，《潛確居類書》作「種頭」，皆未詳。』案：仲任引『《説文》曰』，實出於《集韻》。《齊民要術·養牛》作『插頸』而非『插頭』。惟『捶（棰）頭』究作何解，尚待後人續考之。

此書有《日本世説新語注釋集成》本。

世說音釋卷一

尾張　恩田仲任　輯
　　　磯谷正卿　校

德行上

閔仲叔　含菽　含哺也菽大豆也　節士　有志操之士　評　臭且消食　本草曰蒜消穀理胃　趙孝

以父　趙孝父名普　任爲郎　漢書注曰任子令者漢儀注吏二千石以上視事滿三年得任同產若子一人爲郎師古曰任保也蹈識畧曰父爲官而舉其子謂之任　告歸　告古到切正字通曰吏休假曰告　白衣　漢例官吏著皂給官府趨走者著白

郵亭　廣韻曰郵驛也　尋到　尋不多時也　注　乇田　漢律曰勒兵而守曰乇○乇音豚聚也　辟召　通鑑注曰徵詔召也辟公府及州郡辟也　拜　康熙字典曰朝廷授官職曰拜　大官　漢書百官表曰少府屬官有大官注曰大官主膳食後漢書注曰大官令廚官也秩千石　供具　說文供設也師古曰具辨酒食也　朱文季　子恠問　朱暉子名頡

一九、雲華大含《世説講義》

此書未見著録。

雲華大含（一七七三—一八五〇），名末弘、大倉，别號鴻雲、染香人等，豊後（今大分縣南部）人。浄土真宗大谷派學僧，第九代講師，因居京都七條枳殼邸之東，亦號枳東園。講學之餘，與賴山陽（襄，一七八一—一八三二）、田能村竹田（一七七七—一八三五）等交好，喜作詩文書畫。嘉永三年寂，享年七十八歲。《大谷世説》載其逸事二則，俱入《豪爽》門，可略見其性情，實與賴山陽相投。此書爲作者稿本，今藏日本京都大學文學研究科圖書館。外盒題作『雲華上人自筆世説講義』，又有《世説筆記》《世説講尺私記》《世説講尺筆記》等異稱。日語『釋（釈）』『尺』爲同音字（シャク），稿抄本常以後者簡寫，故『講尺』亦即『講釋（釈）』之意。此書之珍貴，不僅因其爲稿本、孤本，更因有賴山陽親筆跋文二則，尤其使人重视，往往相提並論。外盒注明『雲華上人自筆《世説講義》，山陽先生跋』；封面有『賴山陽跋文/善行寺雲華上人自筆』兩行。盒内又有於生野客題詞：『大含和尚《世説筆記》並山陽外史跋文，真爲難得之寶。壬申九月十九觀首題。』惟細考山陽跋文内容，其一論書法，其二論竹枝詞，皆與《世説》無關，雖自謂『雲華御筆世説後記』，貌似專爲此書作跋，實皆出自其舊作，一則爲《自書後》，另則爲《書赤關竹枝詞稿本後》。案山陽詩集中有《戲作赤關竹枝十首》，附載雲華上人《三月廿四日赤馬關同賴子成、甲柳庵、江大聲（秋水）觀阿彌陀寺先帝會，聯珠五首》，以『赤關三月弔春光』爲終始。山陽以此充跋，雖無與《世説》其書，却堪當友情紀念。山陽赤關竹枝作於文政元年（一八一八），殁於天保三年，由此可推，大含書寫成之時必在此十餘年間。又此書盒底有黑板勝美題詞三行：『昭和第六歲八月初九，雲華上人《世説講尺私記》謹拜見之。』案：黑板勝美（一八七四—一九四六），長崎縣人，號虚心，東京大學教授，歷史學家，日本古文書學創立者之一。明治三十六年（一九〇三）十二月六日，曾與内藤湖南同訪山田永年（一八四四—一九一三），獲睹唐鈔本《世説新書》，見載於内藤《訪書涉筆》。昭和六年（一九三一）又獲睹雲華上人稿本《世説講義》，其與《世説》一書可謂有緣。

此書以日語講釋，現存者僅爲殘本。由兩部分構成，前者起於《世説·言語中》，訖於《方正上》，其下『武帝之中』乃補《方正上》之内容。後者起於《品藻下》，至《規箴下》『桓玄之中』四字（即指『桓玄欲以謝太傅宅爲營』章）止，合封面共三十三頁。和刻本《世説新語補》

共分十册，與此書相對應者乃第二、第三册及第六册（未完）。其寫作日程皆有標明，起於三月十七日（《世説·言語中》『謝太傅之中』），三月十八日（『王司州之中』），三月十九日（『司馬太傅之中』），三月二十日（《言語下》『魏佛助之中』），三月廿二日（《政事》之部），三月廿四日（『丞相之中』），三月廿五日（《文學上》『淮南王之中』），以上屬《世説補》第二册，前後共計九日。又三月廿七日（《文學中》『荀奉之中』），四月三日（『諸葛厷之中』），四（原稿誤作『三』）月四日（『孫興公之中』），四月七日（『殷中軍之中』），四月八日（『支道林之中』），四月九日（『人有問殷中軍之中』），四月十二日（『誅以成之』），四月十三日（『宋文帝之中』），四月十八日（『釋慧净之中』），四月廿二日（《方正上》王仲回之中），四月廿三日（『諸葛思遠之中』），以上屬《世説補》第三册，前後略一月。此下日期記載不全，大致起於八月初，終於九月十日，屬《世説補》第六册。以此推斷，講釋《世説補》十册約需耗時一年。

此書講釋僅爲正文條目，從字詞句到人名、物名、事件不一，於此前日本《世説》注全無徵引辨正，與前人之書合觀，亦殊乏創見。惟《文學下》釋薛道衡『人歸落雁後，思發在花前』句云：『歸思既在花開前，而得歸在雁歸後。』頗得其實。此前皆川淇園《世説啓微》釋作『言人歸當在秋後也』固荒謬，大典《世説鈔撮補》釋作『言雁歸而人未歸也』亦過於坐實，惟秦士鉉

《世説箋本》釋作『言我歸期雖在歸雁後，而歸思之發已在花未開前』，足以與此書所云相印證。

附：

賴山陽《跋》

昔人稱右軍如龍，北海如象，松雪學泰和得力者，故真書多肉少骨，真如象之類也，（況）後之學之不至如吾輩者乎？泰和猶有威震百獸之勢，所以能配山陰，至趙則無之，蓋其節氣不及，故發於筆墨者自然而然。吾輩技藝雖不逮古人，至節氣不可不砥厲鄉往。雲華御筆《世説》後記。迂襄識。

余嘗論近時詩家競作某竹枝溢紙，坐不解此體也。竹枝叙一各土風俗，宮詞叙宮闈瑣事，（自）有不同，世之所謂竹枝即宮（詞），所以鄙猥至此耳。襄。

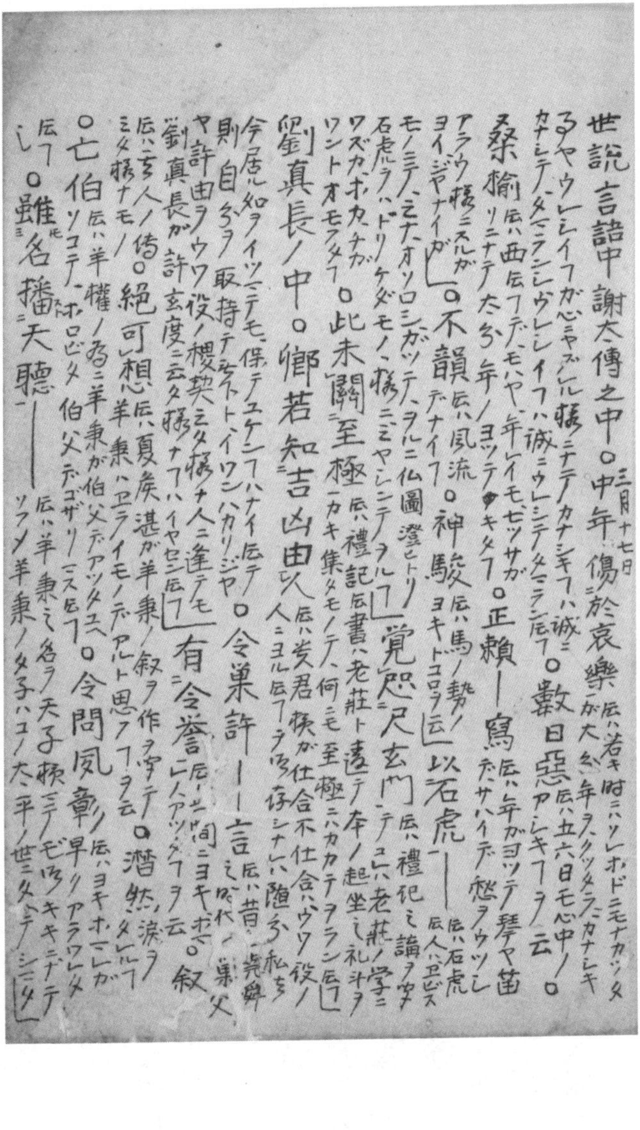
世説言語中謝太傅之中。中年傷於哀樂 伝ハ若キ時ニハソレホドニモナカツタ 三月十七日
ヲヤウレシイコガ心ニヤズルル様ニテアカナシキコハ誠ニカナシキ
カナシテ、タヘラレシヤウレシイコハ誠ニウレシテタヘラレン伝フ。數日惡 伝ハ五六日モ心中ノアシキフヲ云
桑榆 伝ハ西伝フテデモハヤ年レイモセツサガリニナテタ方ノ年ノヨツテキタフ。正賴ー寫 伝ハ年ガヨツテ琴ヤ笛ナドサハイデ愁ヲウツシ
アラウ様ニスルガヨイジヤナイガ匸。不韻 伝ハ風流デナイフ。神駿 伝ハ馬ノ勢ノヨキトコロヲ伝匸 以石虎ー 伝人ハ石虎
モノミテ人ミナオソロシガツテ人ヲルニ仏圖澄ヒトリ石虎ヲハドリケダモノニ様ニミヤシンテヲル匸 覚慰尺玄門 伝ハ禮記ニ論ヲ学テユウ六老莊ノ学ニ
ワズカホカヲカガワントオモアタフ。此未闘至極 伝ハ禮記伝書ハ老莊ト遠テ本ノ起坐ニ礼汁ヲニカキ集タモノニテ人何ニモ至極ニハカカテヲラン伝匸
劉真長ノ中。卿若知吉凶由人 伝ハ炎君様ガ仕合不仕合ハウワ役ノ人ニヨル伝フヲ存シナハ随分私モ
今居ル知ヲイツニテモ保テユケンフハナイ伝テ。
則自分ヲ取持テ呉ヨトイワンハカリジヤ。令巣許一一言 伝ハ昔ノ堯舜ノ代ノ巣父
ヤ許由ヲウワ役ノ楔契ミタ様ナ人ニ逢テモイヤセン伝匸 有令誉 伝ハ世間ニヨキホマレ
劉真長ガ許玄度ニ云タ様ナフハ人ニアツタフヲ云。
伝ハ云人ノ侍。絶可想 伝ハ夏侯湛ガ羊秉ノ叙ヲ作テヲテ。潸然 涙ヲタレルフ
ミタ様ナモノ 羊秉ハエライモノデアルト思フヲ云。令問夙彰 伝ハヨキホマレガ
。亡伯 伝ハ羊權ノ為ニ羊秉ガ伯父デアツタユヘ 早クアラワレタ
伝フ ソコデ亡ホロビタ伯父デゴザリマス伝フ。 ヨキキニナテ
シ。雖名播天聽ー 伝ハ羊秉ミ名ヲ天子様ニテモ ソコメ羊秉ノ女子ハコノ太平ノ世ニ久テシニタ匸

雲華大含《世説講義》

二〇、秦士鉉《世説箋本》二十卷

【著録】《近代著述目録續編》《市島文庫和漢書目録》《漢學者傳記及著述集覽》《德川時代出版者出版物集覽》

秦士鉉（一七六一—一八三一），美濃（今岐阜縣）本巣郡人，名鼎，字士鉉，號滄浪、小翁、小琖翁、夢仙。秦峨眉（服部南郭門人）之子，受家學影響，信奉徂徠學，又從學於細井平洲（一七二八—一八〇一）。寛政三年（一七九一）任職尾張藩校明倫堂典籍，次年任教授。天保二年歿，享年七十一歲。心好古籍校勘，如《左傳》《國語》《今世説》《楚辭燈》、李善注《文選》《古詩紀》《韓文起》《詩韻含英摘注》等，經史子集無不措筆。其中《春秋左氏傳》校本廣行於世。又著《周易集解》十二卷、《左傳周觀》六卷、《左傳世族解》六卷、《補義莊子因》六卷、《通韻便覽圖》一折、《一宵話》一卷、《眠睡雜史》八卷、《千字文約説》一卷、《詩語小府》一卷、《讀詩喬棗》一卷等，有《峨眉先生集》三卷。

此書扉頁題『文政丙戌春新刻』，故大矢根文次郎《關於江户時代之世説新語》（《江户時代における世説新語について》，收入其《世説新語と六朝文學》一書）將此書刊刻時間定爲文政九年（一八二六）。二松學舍大學所編《江户漢學書目》，列舉江户時代有關《世説》之書多達四十二目，不知何以未録此書。今考該書之《序》可知，此書乃作者晚年之作，書未成而謝世，『其嗣無疆君克繼其志，而《箋本》成矣』。既然作者歿於天保二年（一八三一），且此書爲其生前未完成之作，故絶無可能刊刻於文政丙戌。又源誨輔序文寫作時間題作『天保己未秋七月』，案天保間無『己未』年，故此記載亦甚可疑。既然寫序之時在秦鼎身後，且在其子無疆整理、續纂完成之後，以邏輯推斷，『己未秋』或爲『乙未秋』，亦即天保六年之誤，而扉頁『文政丙戌春』或當作『天保丙申春』，亦即天保七年。據明治五年（一八七二）《名古屋縣管内藏板箇所取調書》載，《世説箋本》之刊刻乃天保五年得到官許（據岸雅裕《尾張の書林と出版》翻刻本），則在此之前當未得出版。又據《江户時代尾州書林書肆別出版書目集覽》，《世説箋本》正有天保七年刊本。再以現存實物考量，今日本八户書籍館舊藏本、弘觀舍舊藏本皆爲『天保六年序，尾張美濃屋伊六等刊本』；又大阪大學懷德堂文庫亦藏『天保六年大阪岡田群玉堂刊本』。似可證成上述推斷。

《箋本》徵引前人注釋者頗多，通觀全書，有引《觿》者，即指岡白駒之《世説新語補觿》，共計二十四則；有引《考》者，亦偶作『桃氏』，指桃井白鹿之《世説新語補考》，共計六十五則；有引《鈔撮》者，偶作『竺常禪衲』，指大典禪師之《世説鈔撮》，共計一百五十二則；又有一則引《集成》者，指《世説鈔撮集成》；有引《索解》者，乃指平賀房父之《世説新語補索解》，共計一百則；有引《釋》者，間作《音釋》，即指恩田仲任之《世説音釋》，共計五十四則。此外，尚有舊本固有之注釋評論，如劉孝標、張文柱等注，劉辰翁、王世懋、李贄等評，皆在其采摭範圍之内。就以上諸家而言，尤爲秦滄浪所推崇者乃恩田仲任，儘管其引用數量並非最多，然其徵引方式，多作『詳《釋》』，偶作『見《釋》』或『《音釋》詳之』，幾乎無一非議、全面接受。此或亦與其任職尾張藩校明倫堂有關，蓋恩田乃尾張先賢，且曾任繼述館總裁兼明倫堂教授。滄浪之注《世説》，甚或受恩田之啓發影響。滄浪一生好學不倦，此前諸家未有如此廣泛彙總前人注釋成果者，故其學問傾向，頗有綜合集成之性質。

然博學家並非無獨特見解者，滄浪之引述諸家，往往有斷制。如《賞譽上》『王平子邁世有俊才』章有『歎息絶倒』語，乃引《考》（據宋人趙與時《賓退録》説）、《鈔撮》《索解》等諸家注後云：『按：笑極亦倒，歎極亦倒，二義通用。猶悲極亦泣，喜極亦泣也。趙與時以流俗所用爲非，拘矣。』又《賞譽下》『邊文禮』章釋『單衣』『襜褕』，先羅列《考》與《索解》，而後云：『按此言其所覆被有大小廣狹，則《索解》得之。或以九州爲織文，鑿矣。』又《品藻下》

『簡文問孫興公』章並列《鈔撮》《索解》二説云：『按二説未得注意。蓋言常人以其所爲爲不孤負其才，深知其爲人者，不重其德業也。』此書爲日本人而撰，故常引用日本本土物産、名詞及語言習慣爲釋，如《言語中》『庾公嘗入佛圖』章云：『佛圖亦作浮屠，即塔也，此言寺耳。本邦人呼佛爲浮屠家，亦是。』又如《文學中》『宋處宗甚有思理』章釋『長鳴雞』云：『長鳴雞出九真、交趾、越嶲諸處，蓋南土産，然與我邦所在占城雞異矣。』又如《賞譽上》『王戎目山巨源』章釋注中『稱謂』一詞云：『稱謂讀作謂稱，是本邦博士家讀例也。』甚至有加以發揮者，如《方正下》『向雄爲河内主簿』章釋『君臣之義』云：『按長官屬吏稱爲君臣，猶我以長田忠致爲弑主。鼎别有論。』案：長田忠致爲日本平安朝末期武士，住尾張國（今愛知縣）知多郡，本爲源義朝家臣，平治元年（一一五九）源義朝兵敗，逃避至其家，爲長田所害。滄浪云『鼎别有論』，當指另撰有一篇史論。滄浪又往往解釋當時俗語，如《品藻上》『明帝問周伯仁』章『鑒方臣如有功夫』注云：『按：功夫，用力也，魏晋間俗語。魏王肅上疏：治道功夫，戰士悉作。《南史》：宋文帝書天然勝羊欣，功夫少於欣。一説功空通用，言費日月而成也。』又《賢媛》『周浚作安東時』章『汝若不與吾家作親親者』注：『親親，即親也，六朝人有此語。』然《世説新語》以記言爲主，實不易釋，滄浪本儒家『知之爲知之，不知爲不知』之訓，凡不得其解處，往往明文揭出，如《德行上》『晋文王稱阮嗣宗』章注提及『故太尉荀景倩、尚書董仲達、僕射王公仲』諸名，滄浪云：『董仲達、王公仲未考。』又如《賞譽上》『庾太尉目庾中郎：家從談談之許』，滄浪云：『鼎按：此章難解。』再如《輕詆上》『舊目韓康伯，將肘無風骨』，滄浪云：『將，又作捋，將肘難解。』凡此諸例之難解，古今同然。但亦偶有本不難解而未解者，如《任誕下》『陳暄文才俊逸』章注引陳慶之語：『何水曹眼不識盃鐺，吾口不離瓢杓。』滄浪云：『何水曹，不詳何人。』案：何水曹即梁代何遜，曾任建安王水曹，又任尚書水部郎，後人往往以何水曹、何水部稱之，以能詩而不能酒聞名。故杜甫《北鄰》有『愛酒晋山簡，能詩何水曹』句，將兩者相對而言，文同《不飲自嘲》更有『能詩何水部，眼不識盃鐺』句，乃直用陳慶之語。此外亦偶有訛誤者，如《文學下》『孫興公云：《三都》《二京》，《五經》鼓吹』，劉孝標注云：『言此五賦是經典之羽翼。』王世懋評：『鼓吹二字殊妙，此正不得以羽翼解。』滄浪云：『鼓吹，鐘鼓笙笛也。《索解》：鼓吹猶絲竹管絃。是以五經爲歌唱，二賦爲八音也。故王以羽翼爲誤。』案：此所謂『鼓吹』，非指樂器，乃指『鼓吹樂』。魏晋以來，人聞鼓吹樂則心情激動，陸機《鼓吹賦》乃有『馬頓迹而增鳴，士嚬蹙而霑襟』之描寫，故《太平御覽》引述孫綽語，置於『樂部·鼓吹樂』下，實爲有見。此語蓋謂《三都》《二京》不僅符合儒家教義，且具强烈感染力，足以推廣儒家經典，劉注『羽翼』二字亦當如是解。

滄浪好作古籍校勘，其箋《世説》亦難免技癢。《賢媛》『賈充前婦是李豐女』章後，原本下一章爲『賈充妻李氏作《女訓》』，爲王世貞所删，滄浪之箋則補全之，並下按語云：『王本删之，即前注「齊獻王妃」與「太子妃母」俱不明矣。今爲補此。大抵舊刻膠柱鼓瑟，繁芿脱訛，並不點勘。兹稍爲删潤，尤冀簡該。然一時走筆，正未盡意也。』亦可略窺其爲學宗尚。

此書存世版本較多，如舊題文政九年秦氏滄浪居刊本、天保六年序尾張美濃書屋伊六等刊本、大阪岡田群玉堂河内屋茂兵衛刊本，天保七年尾張美濃書屋伊六刊本，差異僅在序文之有無。

此書有《日本世説新語注釋集成》本。

含哺也。菽，大豆也。禮檀弓。啜菽飲水。疏。以菽爲粥。漢書。貧者裋褐不全，啥菽飲水。節士，有志操之士。敕，戒告也。古上下通用。給，供也。周黨字伯況，大原廣武人。王莽時託疾杜門。光武引見，伏而不謁。謝承字偉平。吳孫權妃謝夫人弟也。嘗所知見，終身不忘。撰後漢書百餘卷。皇甫謐見下。李云無味。又云猪肝一片甚不濟事。口腹累人，名聲亦醜。圖外注，李卓吾所作。本草。蒜消食理胃。講道學，謂不曉事也。蓋明人譏宋儒者作出此語來，助辭下文作也。按卓吾評亦不鮮事。然滑稽之言，宜置而不論。孝，父名。普任，任子也。父爲

世說箋本卷一

德行上

閔仲叔含菽飲水。世稱節士。老病家貧，不能得肉。日買猪肝一片。屠者或不肯與。安邑令聞之，敕吏常給焉。仲叔怪問其故。歎曰：閔仲叔豈以口腹累安邑邪。遂去客沛。謝承後漢書曰：閔貢字仲叔，太原人。皇甫謐高士傳曰：仲叔同郡周黨，貞介之士。見仲叔食無菜，遺之生蒜。仲叔曰：我欲省煩耳，今更作煩邪。受而不食。○生蒜臭且消食，不食有理。遺者可咲也，必是曾講道學來。

趙孝以父田禾將軍後漢書註曰：王莽時，置田禾將軍，屯田北邊。任爲郎。每告歸，常白衣步擔。嘗從長安還，欲止郵

二一、近藤君達、齋藤子信、横山乾甫《讀世説》二卷

此書未見著録。

近藤君達、齋藤子信、横山乾甫，生平不詳。但據爲此書作序跋者，可略作推論。除横山氏自序者外，另有署名『醒廬誠』者爲之序。案『醒廬』姓萬波，名俊成，又名誠，號醒廬、後堂，故『醒廬誠』即萬波誠（一七六二—一八四三）。其人師從那波魯堂（一七二七—一七八九），爲岡山藩儒，閑谷學校教授。序中稱近藤、齋藤、横山三氏爲其『友人』，撰序時間爲己卯四月，據横山惕（『惕』當爲其字，『乾甫』爲其號）序，寫作時間爲文政二年己卯二月，可知『己卯』即一八一九年。又有爲此書作跋者，署名秋山弘道（一七七六—一八四八），秋山字子皓、能甫，號春潮，亦爲岡山藩儒，閑谷學校教授，跋文撰於『文政二十己卯立夏後三日』，此處『文政二十』當爲『文政二年』之誤（文政共十三年）。跋文亦稱三位作者爲『吾友』。從序跋時間相重看，作者三人與萬波誠、秋山弘道不僅同一時代，且地近人邇，很可能同爲岡山藩儒、

閑谷學校教授。其書撰成於文政二年，目的也在爲後進讀者析疑解惑。此書爲寫本，今藏日本九州大學圖書館。

自岡白駒爲《世説》解『觽』以來，爲之作注解者一時蔚然成風，釋大典一人便有《世説鈔撮》《世説鈔撮補》《世説鈔撮集成》《世説匡謬》等著，至文化年間（一八〇四—一八一八）《世説音釋》《世説講義》出，其内容由簡趨繁，卷帙由小變大，篇幅由短增長。普通讀者非但頗以爲苦，且衆説紛紜、莫衷一是，讀者亦有無所適從之難。此書作者有鑒於此，遂參考群籍，删繁就簡，成《讀世説》二卷，其作風與雲華大含之《世説講義》頗類。同時代秦士鉉撰《世説箋本》，則以彙總綜合爲特徵，與此書恰成對照。

此書以簡約爲最大特色，其序跋中已予揭櫫。如醒廬誠《序》云，作者『旁涉群籍』，『鈔録其明白易通者』，特色在於『擇其要約』；横山自序亦云『注家紛紛，正使人迷於多歧』，此書乃『摘衆説之捷且穩者録之，命曰《讀世説》』；秋山弘道《跋》亦云此前諸家『人人競新，遂使讀者無所適從』，而此書作者『相與論訂衆説，取其當者，訓詁引援，儘爲確實』。此書諸解雖多本前人之説，但對前人意見一般不作明確引録，對各家歧義亦不予辨析，全書僅有一處例外，《方正下》『阮（原文誤作「元」）光禄赴山陵』章『我入』至『不易』數句下云：『諸説紛紛，皆不明允。《觽》云：「打人不易，言能打人之不易打。」《考》云：「不易句，易去聲，不容易也。」《解》云：「容易打人也，不易也。」姑録三説，以備參考。』即載録岡白駒之《世説新語補觿》、桃井源藏之《世説新語補考》及平賀房父之《世説新語補索解》三家之説，以作對比。惟此書抄者頗大意，其録《索解》云云，原文作『以其容易打人之故也，不易，易也』，抄録者漏寫一『易』字，意思便相反。有時誤抄處過多，幾乎不能卒讀，如《賞譽上》『簡太尉』章『家從談談之許』下云：『此語未詳。「從」一作「誦」，「許」作「辭」，一作「家從談之祖」。』此處仍用《索解》文字，『簡太尉』當作『庾太尉』，注文云：『此語未詳，必是誤。原本注有「『從』一作『誦』，『許』一作『辭』，一作『家從談之祖』」十五字，王以意解削之也』。又書中有五處明確引用《音釋》者（即恩田仲任之《世説音釋》），惟多數情況乃不出其名。

從序跋中可見，此書乃『會讀』之成果，醒廬誠謂此三人『共讀《世説》』，横山惕自謂『近與二三同志會讀此書』，秋山弘道亦謂三人『相與論訂衆説』。案：『會讀輪講』制乃由荻生徂徠所倡導，其目的在力鏟『貴耳賤目』之陋習，以此達到對原典之深入理解。《世説新語補》爲徂徠所提倡讀本之一，他在爲門人木下蘭皋（一六八一—一七五二）開列之書單《示木公達書目》中，便有《世説新語補》，爲『吾黨學者必須備座右，不可缺一種』之一。對該書之『會讀』，勢必促進對此書之講解注釋，此書正爲顯著一例。惟總體觀之，此書勤勉有餘，新見不足，亦不得爲之諱者。

此書有《日本世説新語注釋集成》本。

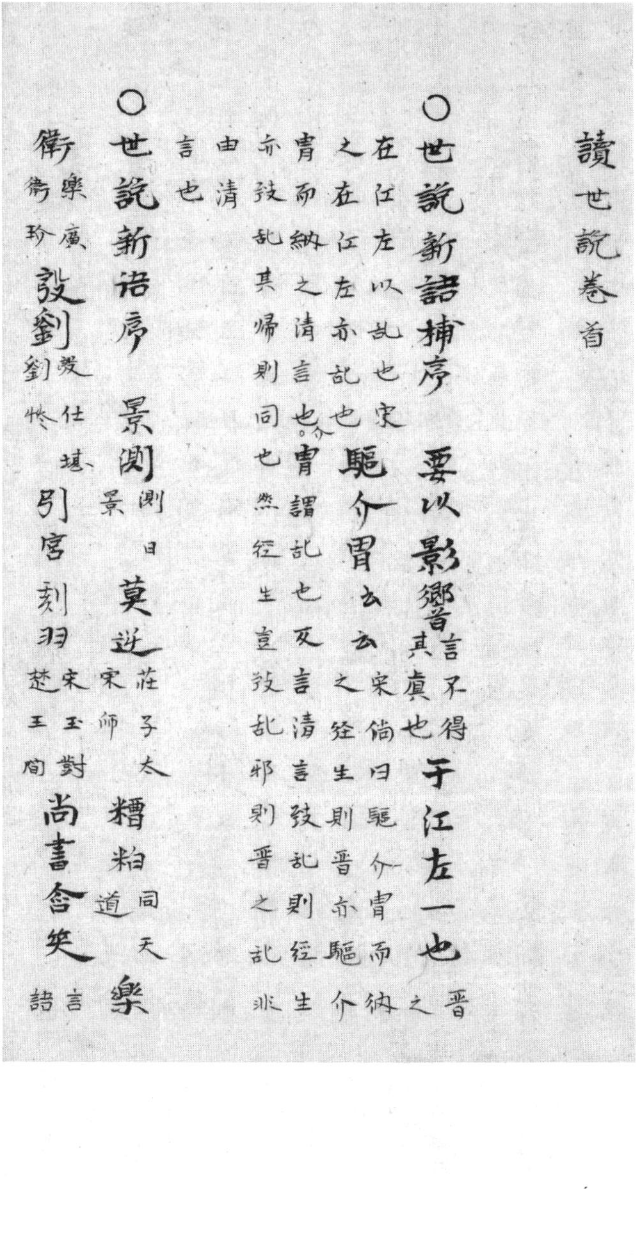

讀世說卷首

○世說新語補序　要以影響言不得其真也于江左一也晉之在江左以亂也宋之在江左亦亂也宋驅介冒云云宋倘曰驅介冑而納之徑生則晉亦驅介冑而納之清言也。今冑謂亂也又言清言致亂則徑生亦致亂其歸則同也然徑生豈致亂邪則晉之亂非由清言也

○世說新語序　景濞濞曰景莫逆莊子太宗師糟粕同天道樂衛樂廣、衛玠發劉殷仕埴、劉惔引宮刻羽宋玉對楚王問尚書含笑言語

近藤君達、齋藤子信、横山乾甫《讀世說》

二二、田中大壯《世説講義》十卷

【著録】《近代著述目録續編》《近代著述目録後編》《近世漢學者著述目録大成》《國書總目録》《古典籍總合目録》《江户漢學書目》

田中大壯（一七八五—一八三〇），越前（今福井縣）人，名頤，字大壯，號履堂。本姓青山，後出嗣田中適所。師事皆川淇園（一七三四—一八〇七），仕津藩，以講説文辭爲業。享年四十六歲。著有《學資談》一卷、《字義》六卷、《譯文拔類》二卷、《文章軌範講義》七卷、《學庸正義》二卷、《論語集注弁正》二卷、《論語集解新説》四卷、《論語講義》六卷、《孟子講義》七卷、《文章規範揭厲》二卷等。

書名『講義』，則表示重在解釋内容大意，而非語辭典故，此乃此書最大特色。杉山信良藏《附言》已云：『「講義」二字，則特標此解所作之大意云。』又云：『《世説》由來可謂有注，而不可謂有解，故曰《世説》之有解，自此書始矣。』其外在標誌即每章以四字概括大意。杉山云：『每章必冠標目四字，聊以甄别章首，然而夫「講義」之大體，亦庶可觀於此矣乎！』出於爲門人講解文義之需要，田中往往不厭其煩，爲之提點解析。有文化十三年（一八一六）刊本。

杉林修曾比較此書與前人之異同云：『前是有岡氏千里者著《觿》，《觿》不能解紛；桃氏原藏作《考》，《考》無明徵；僧大典采二家之言以録《集注》，尤雜矣。夫三子以爲妙在辭外，是以不務解其辭，而注於所援之事迹典故。要此棄本騖末之繆見，實可笑也。大壯之撰也異於是矣。每章必首標四字以示大意，而文字之呼唤，前後之照應，妙中肯綮，則所伏之微義躍如，辭中理亦不掩矣。』（《世説講義序》）上溯中國諸家注評，亦多未能愜意者，故加賀三宅邦云：『孝標注，古來稱名筆。然以余見之，臨川本意在令古人芳躅勝踐，仿佛乎短章隻句之間，如其事迹始末，則群史既已歸然，奚必探諸兹乎？乃孝標所爲，殆非作者之心矣。何氏所增，文柱注之，亦同轍耳。若辰翁、卓吾批評，亦唯隔靴瘙癢，隔膜眡影，曷嘗得瞯真妙之境乎？』（《世説講義序》）米寅亦云：『孝標之注，引徵該詳，然非釋其意也。』（《世説講義跋》）凡此皆以水落石出法推崇田中此書，其重心落在《世説新語》文章之妙與辭理之精。

首先爲結構，其於《世説》前四篇下注云：『蓋人之所要，莫先乎德行焉，所以爲編首。』繼者云：『有德者必有言，所以次之。』繼者又云：『有德有言當用之於政事。』繼者又云：『德、言之成，實資於文學焉。』至『方正』篇下作一總括云：『上四篇擬四科序，下諸篇不必有次。』

其次爲各章文脉。如《德行上》『陳太丘詣荀朗陵』章『餘六龍下食』句下云：『此更添插一句，見相待極厚，食必精潔。』又『文若亦小，坐著厀前』下云：『又與「載著車中」對，於是宛爲一雙幅畫。』又『王祥事後母朱夫人甚謹』下云：『二字冒頭，因揭下二事以實之。』又《言語中》『道壹道人號整飾音辭』章『林岫便已皎然』下云：『已上六言四句，所謂「整飾音辭」者，而有使人速老之意也。』又《雅量上》『祖士少好財』章云：『以財之可貴者對屐之可賤者，文有奇想。……姑託「未判」以起下文耳。』又《品藻上》『諸葛瑾弟亮及從弟誕』章末云：『上十八字補添，特説虎狗不及龍。蓋龍之爲靈昭昭，不須解釋而見其貴也。作者苦心，得反説法。』

其次爲句法。《言語下》『王韶之少家貧』章『我常自耕耳』下云：『此與「我常自教兒」同句法。』將《德行》『謝公夫人教兒』章相與勾連。又《言語中》『陸機詣王武子』章：『「千里」，湖名，以對「數斛」。』可見對仗之美。

其次爲用字。如《德行上》『庾公乘馬有的盧』章：『凡曰「或」不稱其名者，率皆迷妄不經者之言，而不欲表揭之者，古人詳於善而略於不善之遺意耳。』此可與『王平子、胡毋彦國諸人』章中之『或』相參。又《賞譽上》『陳仲舉嘗歎曰』章下云：『凡以材用稱曰「若」，以器度稱曰「如」。』此例可通用於《賞譽》全篇。

田中此書，固然有如牛尾介之所表彰者，所謂『提綱振目，脉絡關鍵，一一辨晰，猶庖丁解牛，動中肯綮，聞者莫不厭心』（《世説講義序》），但望文生義處亦自不少。篇名解釋如『簡傲』：『此謂簡約守己而倨傲過度者也。』案『簡傲』非『簡約』之『簡』，實乃『簡慢』之『簡』。又如『排調』：『排，斥也。調，嘲也。』案『排調』亦非『排斥』之『排』，實乃『排（俳）諧』之『排』。又如《德行上》『華子魚從會稽還都』章下云：『義故，謂朋友也。』似流於泛泛，實指蒙受恩義之故舊。又《捷悟》『魏武嘗過曹娥碑下』章『絶妙好辭也』下云：『意謂彼有容色少女，女子而受苦辛如是，豈不絶妙好辭可以贊歎乎？』此釋更不知所云。又《文學中》『庾子嵩讀《莊子》』章『了不異人意』句，於『了』字下云：『句。』並釋云『言其書解了』，實則此五字當連讀，『了』釋作『完全』，庾氏意謂《莊子》所云與其意正同。又《文學下》『桓公見謝安石作簡文謚議』章『此是安石碎金』下云：『言謝與簡文，猶全璧與片金，故此文在謝僅爲碎金，亦不足用全力也。』前人多謂『碎金』乃形容文章之如斷縑零璧，即便此處非褒美之詞，亦不涉安石與簡文二人之比較，更非出於『不足用全力』之蔑視態度。

作爲淇園門人，田中之《世説講義》理應與淇園之《世説啓微》有學術淵源。然夷考其實，直接聯繫似不多見，惟《文學中》『孫荆除婦服』章『未知文生於情，情生於文』下云：『上情屬孫，下情屬王，此爲詭換法。』實本於《世説啓微》。田中諸同門爲此書序跋，或云『先師淇園終身以明經爲任，其著書之饒，世之所知。而唯如斯書，則聊染指鼎中，亦不暇細嚼滋味以作食品，是以學者往往持舊説以泣途窮』（杉林修《世説講義跋》）。或云：『先師淇園翁著述極饒，而獨欠此書，豈非有待遺之先生邪？』（小森貫《世説講義序》）蓋淇園之《世説啓微》身後始出，刊行於文化十二年（一八一五），而《講義》刊於次年，故撰著之際，未必能完全參考。但身爲淇園門人，亦當有耳濡目染之影響。加賀三宅邦云：『大壯同余唱淇園氏學，最深得先師之意。蓋中古以來，學失其方，解書者但效故依樣，愈詳愈鑿。先師於是一洗千古，以斬其派。大壯善得其衷，以演諸兹，誠可以令世之膚學者更路改軌，悟讀書之方也。』（《世説講義序》）牛尾介之亦引用淇園口説云：『世人常言言語文章，而却不知文理即語勢也，是致文章不明之由矣。《世説》之一書，直以言語爲文章，晋人之口氣存焉。而從前注家，專務浩博，旁生支葉，如其文章，舍而不講。是以世之讀者，徒醉夢其言辨之華與其氣韻之高，而不能推文理、審語勢，求其意味之深遠。譬如田舍翁看演劇，不知其爲何故，而徒評其態度。』（《世説講義序》）可見田中《講義》之宗旨，實本於淇園之『推文理、審語勢』。其釋『雅量』云：『雅，常也。此謂臨事見其平常之有度量者。』亦與淇園一脉相承。

此書有《日本世説新語注釋集成》本。

世說講義卷之一

越前　田中頤大壯　著

德行上

（蓋人之所要莫先乎德行焉所以為編首）

貧而不諂

閔仲叔含菽飲水世稱節士（含猶食也就口所容言之故曰含菽豆之總稱也是其意不欲苟累人者故稱為節士）老病家貧不能得肉（以老病故肉可當藥）日買猪肝一片（日買一片貧且有節也）屠者或不肯與（會無宰割剝故）安邑令聞之勑吏常給焉仲叔恠問其故（恠肉常繼不復絕也）歎曰閔仲叔豈以口腹累安邑耶（自稱姓字者明其宿志在不累人也）遂去客沛（多屠者地）

富而不驕

趙孝以父田禾將軍任為郎（因父恩蔭任職為郎也上九字插）每告

二三、藤澤黄坡《世説抄》五卷

【著録】《関西大學泊園文庫自筆稿本目録稿》（甲部）

藤澤黄坡（一八七六—一九四八），名章，號黄坡，出生學術世家。祖父藤澤東垓（一七九四—一八六四），讚崎（今香川縣）人，名輔、里，字元發，號東垓、泊園。自幼好學，從中山城山學徂徠學，二十五歲至長崎，學唐音三年。文政三年（一八二四）在大阪淡路町五丁目開辦『泊園書院』，之後移塾瓦丁，從學者衆多，其學宗奉徂徠。元治元年歿，享年七十一歲。著述頗豐。父親藤澤南岳（一八四二—一九二〇），名恒，字君成，號盤橋、南岳、醒狂、七香齋主人、九九山人、香翁等。仕高松藩，任藩學講道館督學。明治六年（一八七三）於大阪再次復興泊園書院，從學者衆多。南岳憤慨於歐化主義之害國毒民，遂興辦雜誌《弘道新説》月刊，講究道德，普及斯文，著述甚多。大正九年歿，享年七十九歲。黄坡爲南岳次子，以漢學名家，爲日本關西大學最早之名譽教授。其長子藤澤桓夫（一九〇四—一九八九），小説作家，『新感覺派』

代表，有《辻馬車時代》《新雪》《大阪自叙傳》等。

《世説抄》爲作者稿本，五卷二册，今藏日本關西大學『泊園文庫』。全書抄録《世説新語補》，卷一《德行上下》，卷二《言語上中下》，卷三《政事》，卷四《文學上中下》，卷五《方正上》，最末爲《世説新語補抄》本《德行》一則，共約二百十則。又其《諸子鈔注》三册，第二册所抄爲《世説新語補》之《方正下》，兩者當合觀。大多自原文抄録或概括數語冠於各章書眉，以作提要，類似田中大壯《世説講義》，惟後者自鑄偉詞，且皆爲四字句，此書則長短不一。如《政事》『陳仲弓爲太丘長』章曰『盗殺財主何如骨肉相殘』，即取自原書陳仲弓語；又『孔君魚爲姑臧長』章曰：『自（身）處脂膏，不能自潤』，亦取自原書孔君魚語。間有注釋，其人名、事件等多取自前人或舊注，語意之釋則出於自筆，皆以日語爲之。偶有在舊注之後復加案語者，如《政事》『開成中』章先云『舊注引《湘山野録》曰』，其下案曰：『此文可補足本章之意』。此書基本不涉及前人，唯一提及者爲《政事》『嵇康被誅後』章之末：『劉辰翁云：此章可入《言語》。』總體而言，此書注釋簡潔，但殊乏新意。

世説抄　巻三

政事

陳仲弓爲太丘長有劫賊殺財主主者捕之未至發所道聞
民有在草不起子者草は草野なり、不起之子は子を生んで收育せざるなり。回車往治
之主簿曰賊大宜先按討仲弓曰盜殺財主何如骨肉相殘
孔君魚爲姑臧長清儉遍下と云ふ。後漢の孔奮字は君魚。姑臧の長とあり。惟老母のみ善膳を供
し妻子は葱菜を食ふ。有識之者答曰奮身處脂膏不能自潤脂膏は豊饒
の地に居るをいふ。洗竟中脂膏は人を潤すものなるをいふ。

盜殺財主何如骨肉相殘

自處脂膏不能自潤

輯佚

一、服部南郭《世説遺》一卷

此書未見著録。

服部南郭（一六八三—一七五九），京都人，名元喬，字子遷，號南郭、芙蕖館、周雪、觀翁。十七歲即仕柳澤吉保侯，及壯年至江户（今東京），習荻生徂徠（一六六六—一七二八）古文辭學。詩文兼擅，名噪一時，與太宰春臺（一六八〇—一七四七）齊名。又善畫，好咏和歌，三十四歲致仕，來學者衆多。晚年爲肥後侯賓師。重視《唐詩選》，撰《唐詩選國字解》，大力推動《唐詩選》流行。享年七十七歲。著有《南郭文集》四編四十卷、《南郭絶句詩集》一卷、《南郭尺牘標注》二册、《燈下書》一卷、《中華歷代帝系並僭僞圖》一卷、《遺契》十三卷、《文筌小言》一卷、《大學養老解》《儀禮圖抄》《閑窗一得》一卷等，又校訂《唐詩選》七卷、《唐詩事略》二卷、《唐詩品彙》『七律』五卷、《唐詩品彙》『絶句』四卷、《明詩選》十三卷、郭注《莊子》十卷、張注《列子》四卷、《新刻蒙求》三卷、《十八史略》七卷、《左傳》白文七卷等。

劉義慶著《世説新語》，其後有劉孝標注。明何良俊規模《世説》，記事衍至元末，編爲《語林》（用裴啓書舊名）。至王世貞删改二書，『《世説》之所去，不過十之二；而何氏之所采，則不過十之三耳』（《世説新語補小序》，《弇州四部稿》卷七十一），合成《世説新語補》。自王世貞《世説新語補》出，風行天下，以至劉氏原書漸少流傳，故凌濛初歎曰：『《補》一出而學士大夫争佩誦焉……獨《補》盛行於世，一再傳，而後海内不復知有臨川矣。』（《世説新語鼓吹序》）遂有『《世説》夙有善本，耳食者多舍而重《補》，舊本寥寥若晨星矣，故重授剞劂氏』（《世説新語鼓吹·凡例》）之舉。中國如此，朝鮮時代、日本江户時代亦復如此。岡井孝先（一七〇二—一七六五）、大冢孝綽（一七一九—一七九二）合編《世説逸》，並於寬延己巳（一七四九）在東都書肆崇文堂刊行，即此背景下之産物。岡井《世説逸序》云：『弇州之學盛行海内，遂使人不得目見臨川之舊，而海舶所賫至《古世説》最罕矣。』明白揭示其編纂動機在於『存古』，即將弇州所删除者合爲一編，其書亦久爲人知。相較而言，服部氏之《世説遺》因僅以稿本保存，故罕有聞者。其書今藏日本早稻田大學圖書館服部文庫。

《世説遺》纂於何時，無明確記載。考鵜孟一（一七一〇—一七七四）《大東世語序》撰於寬延元年（一七四八），而服部《自序》云，其書之作始於四十年前，則服部之閲讀《世説》並受其啓發、發願撰著《大東世語》當更早於此。現存服部批校之《世説新語補》，考其文字，顯爲元禄七年（一六九四）刊本，其致力於《世説》之學當在此後十五年間，下限約在正德元年（一七一一）之前。觀服部氏批校《世説新語補》之際，每將此書與《古世説》相較，揭示其條目、門類及文字之異同。故其編纂《世説遺》，實乃順理成章之舉。唯服部自中年後家境窮困，無力梓行，故其多種著作僅以稿本存世，不爲時人及後人所知。

《世説遺》以《古世説》門類先後爲序，將王世貞所删除者一一恢復，卷末附《世説新語》舊序二首（劉應登、袁褧）、《世説》舊跋二首（董弅、陸游）。王世貞删改劉書，不僅在簡略其條目，内容之分屬他類，正文、注文之相混，亦時或有之，服部皆一一復其舊貌。岡井孝先等編纂《世説逸》雖在服部之後，但於《世説遺》略無所聞。兩相比較，更能突顯服部此書之特徵。首先，服部更重視《古世説》與《世説新語補》之比較。如《德行》『劉道真嘗爲徒』章，特加批語云：『按此事出《補》本《賞譽》注。』即指《世説新語補·賞譽上》『劉萬安即道真從子』章之注釋，實節録自《古世説》之本章。又《言語》『嵇中散既被誅』章批語：『按此事出《補》本注。』亦同理。服部爲此書之前，固然已熟讀兩種《世説》，然此書之成，亦非一蹴而就。卷末有如下一段：『《古世説·容止》「庾太尉在武昌」注，有孫綽《庾亮碑文》曰：「公雅好所托，常在塵垢之外。雖柔心應世，蠖屈其迹，而方寸湛然，固以玄對山水。」《補》本考索未出，姑竢再閲。』而此則上方又有批語云：『《補》本《賞譽》。』即其後『再閲』之表徵。書中又有原先輯録之條目，復以朱筆劃去者，如《文學》『司馬太傅問謝車騎』章，《賞譽》『林公云』章，皆爲已見《世説新語補》者。凡此均可證服部氏對《世説補》讀之再三。又岡井、大冢氏之爲《世説逸》，僅録劉義慶原文，罕録劉孝標注，服部氏則一並輯録，但凡注文已見於《補》者，每用『注別見《補》本』標識而省略其文。若《補》本全收之門類，亦予以特別標明，如『《夙惠》共見《補》本』『《自新》共見《補》本』等。

服部氏書與岡井、大冢二氏書之最大區別，乃在前者所輯條目更多，計有《文學》『阮宣子有令聞』章、『衛玠始渡江』章、『殷中軍讀《小品》』章、『謝公因子弟集聚』章、『桓南郡與殷荆州共談』章，《方正》『魏文帝受禪』章，《雅量》『謝太傅與王文度共詣郗超』章，《賞譽》『周侯於荆州敗績還』章、『桓大司馬病』章、『謝太傅重鄧僕射』章，《品藻》『未廢海西公時』章，《規箴》『王丞相爲揚州』章，《棲逸》『許玄度隱在永興南幽穴中』章，《任誕》『張湛好於齋前種松柏』章，《簡傲》『謝萬在兄前』章，《忿狷》『王大、王恭嘗俱在何僕射坐』章，《讒險》『王平子形甚散朗』章，《尤悔》『王渾後妻』章、『劉琨善能招延』章、『王平子始下』章、『温公初受劉司空使勸進』章、『桓宣武對簡文帝』章、『謝太傅於東船行』章、『簡文見田稻不識』章、『桓車騎在上明政獵』章，《惑溺》『孫秀降晋』章，共二十六則。《世説逸》有而《世説遺》無者僅二則，即《賞譽》『世目謝尚爲令達』章與《巧藝》『謝太傅云』章。又《世説遺》往往有評語而無名氏，細考之下，可知悉出於王世懋。文字方面，《賞譽》『范豫章謂王荆州』章，《世説逸》誤作『范豫州』；《規箴》『謝中郎在壽春敗』章『求玉帖鐙』，《世説遺》誤作『玉□證』。故就總體而言，服部氏用功較深，其書亦勝於岡井、大冢二氏所纂。

《世説》門類，此書皆書於書眉，惟『陶公自上流來』章上漏書『假譎』，以下文字易使人誤會乃『輕詆』篇事。又書眉間有評語，皆抄録王世懋之評，足供讀者參考。

此書有《日本世説新語注釋集成》本。

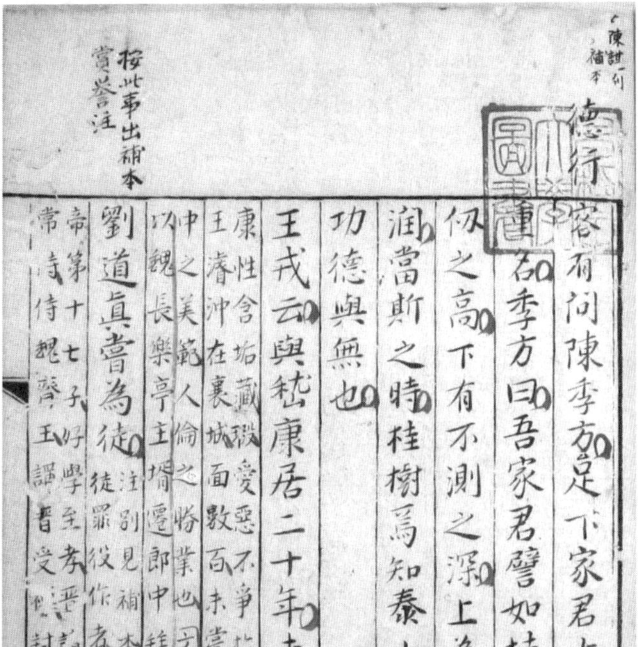

陳諶 何 補本

德行 容有問陳季方足下家君太丘有何功德而荷天下重名季方曰吾家君譬如桂樹生泰山之阿上有萬仞之高下有不測之深上為甘露所霑下為淵泉所潤當斯之時桂樹焉知泰山之高淵泉之深不知有功德與無也

王戎云與嵇康居二十年未嘗見其喜慍之色 康別傳曰康性含垢藏瑕愛惡不爭於懷喜怒不寄於顏所知王濬沖在襄城面數百未嘗見其疾聲朱顏此亦方中之美範人倫之勝業也 文章敘錄曰康以魏長樂亭主壻遷郎中拜中散大夫 餘注別見補本

劉道眞嘗為徒 注別見補本 徒眾役作者 扶風王駿 虞預晉書曰駿字子臧宣帝第十七子好學至孝諲詣公贊曰駿八歲為散騎常侍侍魏齊王譯音受封扶風王鎮關中為政最

按此事出補本賞譽注

二、岡井孝先、大冢孝綽《世説逸》

【著録】《新增書籍目録》《德川時代出版者出版物集覽》《享保以後江户出版書目》

岡井孝先（一七〇二—一七六五），字仲錫，號嵰洲、滄浪，江户（今東京）人。師從荻生徂徠，先後任水户藩儒、高松藩儒，殁後門人私謚『安省先生』。兄孝祖（一六六六—一七一八），字伯錫，號黄陵，亦江户時代儒者，通唐音。大冢孝綽（一七一九—一七九二），字子裕、子祐，號頤亭、容與園，江户人。師從荻生北溪（一六七三—一七五四），北溪字叔達，荻生徂徠之弟，以兄爲師，任幕府儒官。故岡井、大冢之學，皆延續蘐園學脉。

自王世貞增删劉義慶《世説新語》、何良俊《語林》而成《世説新語補》，遂盛行於世，以至劉義慶原書不爲人提及，且漸漸不爲人知。不僅中國如此，日本亦然。荻生徂徠大力推舉《世説新語補》，其書在當時極爲流行，『弇州之學盛行海内，遂使人不得目見臨川之舊，而海舶所賫至《古世説》最罕矣』。有見於此，岡井與友人大冢相與校讎，將王氏所删《世説新語》條目抄録合一，編爲《世説逸》，『以存古也』。但就文章而言，仍一遵古文辭派觀念，以王氏所删者『平易冗長，無足取者』，於是『益信王氏之精選』（並見岡井孝先《世説逸序》），與荻生徂徠之觀念一脉相承。有東都書肆崇文堂寬延二年刊本。

此書據劉義慶原書，將王氏删除之條目一一分門歸類，計《德行》十章、《言語》二十三章、《政事》八章、《文學》二十章、《方正》二十二章、《雅量》八章、《識鑒》九章、《賞譽》三十九章、《品藻》二十八章、《規箴》八章、《捷悟》二章、《豪爽》二章、《容止》二章、《企羨》一章、《傷逝》二章、《栖逸》三章、《賢媛》二章、《術解》三章、《巧藝》三章、《寵禮》二章、《任誕》十一章、《簡傲》五章、《排調》十六章、《輕詆》六章、《假譎》二章、《黜免》二章、《儉嗇》五章、《汰侈》八章、《讒儉》一章、《紕漏》一章、《仇隙》二章，共二百五十六章。但删除劉孝標注，補録劉辰翁、劉應登、王世懋等人評語，又間有校勘。如《言語》『謝仁祖』章『焉有顔回』上校『「有」一作「别」』；《政事》『陳仲弓』章『老父在太丘』上校『「老」一作「先」』；《賞譽》『杜弘治』章『不可以致衰』上校『「衰」一作「哀」』；又『謝胡兒』章『嘗作王堪傳』上校『「傅」當作「傳」』；《排調》『晋文帝』章『矯然懿實』上校『「實」當作「寔」』；又『許文思』章『取枕上新衣』上校『「枕」一作「杭」』等皆是。校以日本尊經閣所藏宋刻本《世説新語》，此處所列異文多與宋本同，岡井、大冢二氏之校訂《世説》，或曾取用之。又二氏之校訂《世説》，有云『一作』某者，有云『當作』某者，前者較異同，後者定是非。若『「傳」當作「傳」』，此『傳』即謂《王堪傳》；又『「實」當作「寔」』，考鍾會答語之『矯然懿實』，末字暗射陳泰之祖名陳寔，故亦以作『寔』爲是。

彙輯王世貞删除之《世説新語》條目，在此之前已有服部南郭之《世説遺》，雖然此書之纂輯在後，却不知服部氏已著先鞭，故未能參考。尤爲可議者，乃在其疏漏甚多，《忿狷》《尤悔》《惑溺》三門竟一章未輯，與服部書相較，共計漏輯二十六章。然此書刊刻較早，頗能反映一時風氣，雖創獲無多，亦可資參考。

此書有《日本世説新語注釋集成》本。

劉會孟曰意是耳覺此語爲煩

世說逸

宋劉義慶撰

巎州岡井孝先
頤亭大冢孝綽　同校

德行

客有問陳季方。（諶）足下家君太丘。（寔）有何功德而荷天下重名。季方曰。吾家君譬如桂樹生泰山之阿。上有萬仞之高。下有不測之深。上爲甘露所霑。下爲淵泉所潤。當斯之時。桂樹焉知泰山之高。淵泉之深。不

考　訂

一、服部南郭《世説補補釋名》一卷

此書未見著録。

作者簡介見《世説遺》。

《世説新語》一書，所涉人物衆多，益以劉孝標注涉及人物，總有七百餘人，加之名號稱謂不一，或以字號，或用小名，或舉官爵，或稱謚號，讀者索解，頗有不便。宋代汪藻爲《叙録》二卷，『首爲《考異》，繼列人物世譜、姓氏異同，末記所引書目』（陳振孫《直齋書録解題·小説家類》），乃首次就其人物名號『異同』有所羅列，宋紹興八年董弅刻本附載之。至王世貞删補《世説》《語林》而成《世説新語補》，明萬曆間刊《李卓吾批點世説新語補》，乃於卷首增加

《釋名》一卷，以郭林宗爲始。此後刊本皆沿襲，王先謙刊《世説新語》六卷本亦承之。凌濛初刻四色套印本《世説》，附『名字異稱』，以曹操爲始。又刊《世説新語鼓吹》，鑒於《世説補》之《釋名》有欠詳備，乃别爲《世説人物》：『其一人異稱者爲一項，止列名字者爲一項，有名無字、有字無名者爲一項，姓字俱不著者爲一項，婦人名爲一項，帝王名爲一項，名與字同者爲一項，同姓名者爲一項，僞朝爲一項，方外爲一項，一人兩名者爲一項。』（《世説新語鼓吹·凡例》）沿至現代，如余嘉錫之《箋疏》、徐震堮之《校箋》、朱鑄禹之《彙校集注》、龔斌之《校釋》等，皆附以現代方式編纂之『人名索引』，大便讀者，其功始訖。

《世説補》所附《釋名》，共列一百三十一人名號，服部又增補六十七人，此外又有『同姓名』八人，『一人兩名』三人，『名與字同』二人，總計八十人。服部《補釋名》之範圍，除前書遺漏者外，又從被王世貞删落之《世説新語》原文（即《古世説》）中增補，如『愍王丞字元敬，亦稱譙王』，即指司馬丞，《世説新語·仇隟》有兩章内容與之相關，但不見於《世説新語補》；又如『桓歆字叔道，亦稱式』，見《世説新語·政事》『桓公在温州』章，同樣被王世貞《補》删去。凡所增補之人名，其列舉異名别號頗爲全面。偶有疏誤，如『庾友字惠彦，亦稱王臺』，實當作『庾友』『玉臺』；『桓遐字伯通』，實當作『伯道』；『趙至字景真，一名翼，字陽』，『陽』當作『陽和』，凡此或爲手寫之誤。又如『吴坦之字處靖』，『靖』當作『清』，然和刻本即作『靖』；又『同姓名』所列『袁宏字彦伯，亦稱虎』，『袁宏字奉高』，後者見《言語上》，元禄七年（一六九四）刊本文字作：『《汝南先賢傳》曰：「袁宏字奉高。」』而安永己亥（一七七九）重刻本已改作『袁閬字奉高』。服部所據爲前者，實當以後者爲是。凡此皆所據版本不同而致誤，亦情有可原。惟『謝淵字叔度，亦稱胡』似可商榷，此則見《世説新語·賢媛》『群從兄弟則有封胡、遏末』句，劉孝標注云：『封胡，謝韶小字；遏末，謝淵小字。……或曰「封胡遏末」，封謂朗，遏謂玄，末謂韶，朗、玄、淵（此三字疑爲衍文）。一作胡謂淵，遏謂玄，末謂韶也。』而據《晋書·謝萬傳》云：『封謂韶，胡謂朗，羯（遏）謂玄，川謂末。』『川』一本作『泉』，實乃避『李淵』之諱改。又汪藻《陳國陽夏謝氏譜》所載，淵小字末，玄小字遏，朗小字胡兒，琰小字末婢，韶小字封。由此可見，徑以『胡』爲謝淵小字，似未免武斷。

今存《釋名補》收藏於早稻田大學圖書館服部文庫，封面題爲《世説補補釋名》，正文首行作『南郭先生釋名補』。卷末有兩行文字：『享和二年壬戌孟复（似爲『夏』字之誤）寫之。』『原本大塩子顯手澤，從龍神大年所借之。』可知此本抄寫於一八〇二年，距離服部南郭謝世已四十餘年，乃據大塩手寫本輾轉抄録。案大塩子顯（一七一七—一七八五），名良，通稱與右衛門，太宰春臺弟子，刊行春臺著作不遺餘力。

服部南郭對日本『《世説》學』貢獻甚巨，於《世説新語》（《古世説》）而有《世説遺》；

於《世説新語補》而有《世説補補釋名》及手批本《世説新語補》（有手稿本及他人抄録本，如鹿鳴樓藏本輯録其批語四則）；於『仿《世説》』而有《大東世語》漢文本及『和草本』。在其影響下，『《世説》學』成爲其家學之一，如服部白賁（一七一四—一七六七）有手抄之《大東世語姓名考》《大東世語備考》，服部元立（一七三六—一八〇八）有《世説聞書》《世説》等。學界向來所知者僅限於《大東世語》，就服部『《世説》學』整體而言，實則僅其一端而已。

此書有《日本世説新語注釋集成》本。

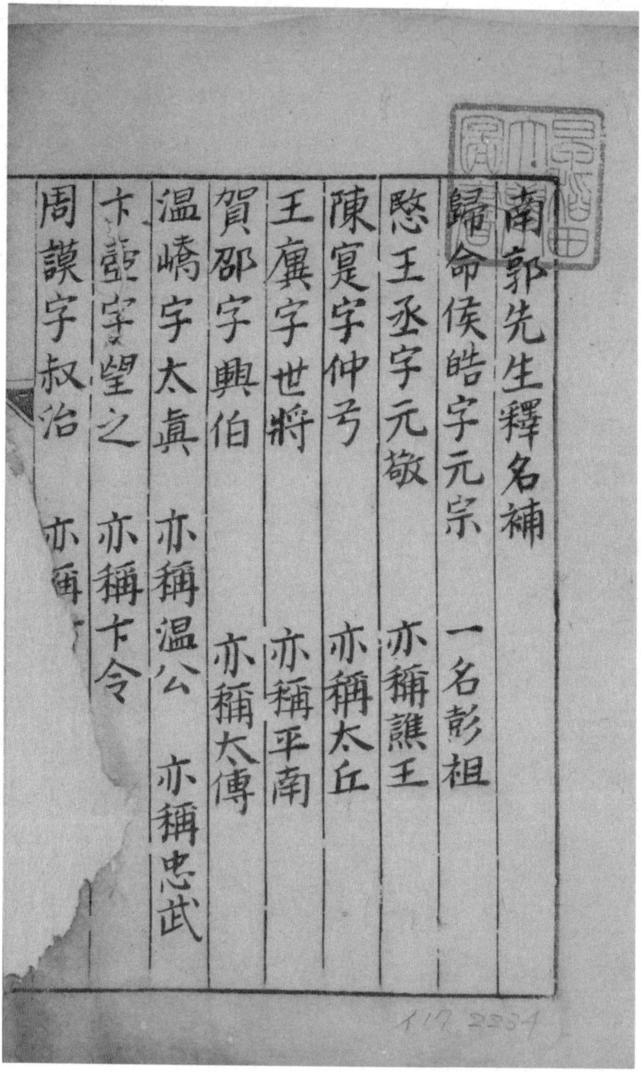

南郭先生釋名補
歸命侯皓字元宗　一名彭祖
愍王丞字元敬　亦稱譙王
陳寔字仲弓　亦稱太丘
王廙字世將　亦稱平南
賀邵字興伯　亦稱太傅
温嶠字太真　亦稱温公　亦稱忠武
卞壼字望之　亦稱卞令
周顗字叔治　亦稱

二、柚木綿山《世説新語補系譜》二卷並附録一卷

【著録】《典籍作者便覽》《國書總目録》《古典籍總合目録》《江户漢學書目》

柚木綿山（一七二二?—一七八八），名太玄，字仲素，號綿山，近江人。師從江村北海（一七一三—一七八八），江村氏二十二歲即抗顔爲師，若老成之人，其學宗旨以朱子爲尊（參見琴臺東條《先哲叢談後編》卷六）。柚木從之學，後爲京都儒醫。兄知雄（一七一四—一七九二），字伯華，號東谷、半庵，通稱清兵衛，從儒醫江村青郊（一六九一—一七三四）學醫，亦爲漢文學者。據柚木所撰此書凡例，自謂『壯歲奉家兄命，撰王、謝系譜，此譜所以起本也』。古人以三十爲壯，假設柚木完成此書之齡爲三十五歲，其時爲寶曆丙子（一七五六），逆推之，其生年當在享保七年（一七二二）前後。此書之外，又有《綿山詩稿》。

此書由三部分構成，卷上爲《世説新語補系譜》，卷下爲《歷代帝王系譜》，附録爲《歷代后妃譜略》《歷代帝王宗室名諱略例》《歷代年號》《歷代僭僞年號》《歷代帝王陵名》。其初單獨成

書，故各有凡例，卷上撰成於寶曆丙子，卷下成於明和乙酉（一七六五），至天明元年（一七八一）端隆擬付予剞劂時，『合刻二譜』（端隆《凡例附記》），遂成目前規模。案端隆（一七三二—一七九〇）字文仲，號春莊，從學於清田儋叟（一七一九—一七八五），清田爲服部南郭門人，講究徂徠學。又爲江村北海之弟，故端隆與柚木之師門亦近。端隆以經營書店爲業，至天明八年（一七八八）遇火災破産，有《春莊遺稿》。《補系譜》與《世説新語補》相關者，實僅卷上部分。卷下乃帝王系譜，『爲讀史者而設也』（《凡例》下）。其附録本亦附屬於《歷代帝王系譜》，故與《世説新語補》亦無涉。本於古人讀書『知人論世』之訓，將《世説》故事置於朝代坐標之中，亦有其意義，故讀者仍可合觀之。有天明五年（一七八五）刊本。

將《世説》人物予以系譜，始於宋代汪藻之《世説叙録》，其《考異》之後，有《人名譜》一卷，此後遂無人問津。與柚木同時之大典禪師，有《世説人氏世系圖》一書（今藏日本京都相國寺慈雲庵），惜未得見，無從比較。若以此書與汪藻之著相比，則堪稱後出轉精。

柚木此書特色有二：一曰全面。據汪藻《世説叙録》目録《人名譜》下云：『有譜者三（當作「二」）十六族。……無譜者二十六族。……又僧十九人。』現存者爲有譜者二十六，無譜者自『滿、蕭』以下及『僧十九人』皆佚。柚木此書，『以王、謝爲首……其他各姓，亦以此書所見多寡爲之先後，凡五十姓』（《凡例》上），而無譜諸氏又有二十七姓，僧人不在其列；又汪

《譜》瑯琊王氏與晉陽王氏各佔一族，柚木《譜》於王氏一族之下，又細分瑯琊王氏、太原王氏、東海王氏、山陽王氏、北海王氏，並就『王氏』一族下總按曰：『王氏爲南朝著姓，而有瑯琊、太原等各族。今分族系之，宜認系，無混淆其族。』汪《譜》僅列陳郡袁氏，柚木《譜》則列汝南袁氏、陳郡袁氏。以汪《譜》之例衡之，柚木《譜》所系尚不止五十姓。汪《譜》所涉時代，以『《世説》所記止於晉末，今用諸史，譜至陳隋』（《琅邪臨沂王氏譜》下自注）。柚木《譜》則『起於漢魏，止於唐宋』（《凡例》上）。二曰細緻。凡其名見於《世説》者，皆撮要載其名字（含小字）、爵里，並附所出篇目。凡與正史有異同者，亦並載之。如陳郡袁氏袁滂系於『陳郡陽夏』，復加案語云：『按《魏志》，陳郡扶樂人。』又吴郡張氏第三世敷系爲邵之子，並按曰：『《宋書》《南史》等以敷爲茂度弟邵之子，又顔延之聞敷卒，弔茂度曰「賢弟子」云云，以此推之，敷爲緒從叔。而《南史·張緒傳》稱從伯敷，疑謬。』又云：『按《萬姓統譜》以融爲敷之子，謬。』又張暢字少微，會稽太守，見《德行下》注，其後亦加按語云：『《賞譽上》注，有吴郡人張暢字威伯者，蓋與此别人。』其疑而難斷者亦予揭示，如劉氏譜中平原人劉祖子奉伯、孫乘人，又有劉琁之、劉承宗者世系不明，按語曰：『以愚意推之，琁之是奉伯之兄弟，而承宗是乘人之兄弟。蓋《宋書》《南史》文意欠分明，故附系於此，以待後考。』又潁川鍾氏譜始自鍾皓，二世迪，三世繇、演，繇二子毓、會，一女（荀勖妻）。鍾演後人某子曄，曄子雅，鍾嶸爲雅七世孫。其間雖有疏漏，但所述世系分明。《新唐書·宰相世系表》鍾姓所列曄、雅不出於演，而全歸於鍾繇一系，皆誤。由此亦可見柚木《譜》之用心細密。

柚木嘗師從江村北海，爲學一尊朱子，亦熟悉朱熹世系，附録之《歷代帝王宗室名諱略例》言及明代宗室之名：『初，太祖以子孫蕃滋，命名之際，慮有重複，乃名諸子並用從木字，諸孫用從火字。』並加按語云：『宋朱文公父名松，從木；文公名熹，從火；子三人：塾、埜、在，並從土；孫七人：鑑、鉅、銓、鐸、鋌、鉉、鑄，並從金；曾孫六人：淵、洽、潛、濟、濬，並從水。蓋明祖以五行偏傍字歷配世數，或本於此。』此雖與《世説》無關，亦有益增廣見聞。

此書有《日本世説新語注釋集成》本。

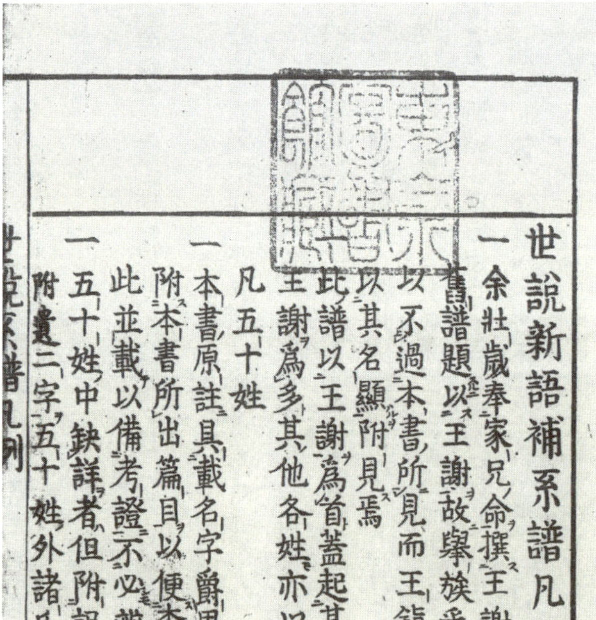

世說新語補系譜凡例上

一　余壯歲奉家兄命撰王謝系譜此譜所以起本其舊譜題以王謝故擧族悉收今此譜爲世說設其所以不過本書所見而王鎭惡謝惠連雖本書無所見以其名顯附見焉

一　此譜以王謝爲首蓋起其所本也而本書所見實亦王謝爲多其他各姓亦以本書所見多寡爲之先後

凡五十姓

一　本書原註具載名字爵里此譜撮其要以略載又並附本書所出篇目以便查考或有與正史異同者彼此並載以備考證不必辨裁

一　五十姓中鈌詳者但附記其人名於每姓之末揭以附遺二字五十姓外諸氏並不可按族以系唯姓下

世說系譜凡例　一

三、大江德卿、井出萬年《世説誤字誤讀訂正》二卷

【著録】《享保以後江户出版書目》《國書總目録》《江户漢學書目》

大江憲，字德卿，安藝國（今廣島縣西部）人。井出祐，字萬年，備後國（今廣島縣東部）人。二人皆平賀房父門人，故此書與平賀《世説新語補索解》淵源頗深。大江德卿《序》中詳引平賀語，保留其對以往諸家《世説》注之意見，如云『至本朝近世，岡千里著《觿》以通其志，是其創造，可謂最難矣。繼此桃氏著《考》，大典師著《鈔撮》，考覈訂正益詳』；又云『《考》矜於博，凡考一事，必達其枝葉。《鈔撮》備於事實，搜索無遺。夫廣者難遍，是以解語意，掛漏間多矣，所謂「顯處視月」者也。岡氏雖頗詳也，事在草昧，多謬其宜也』。態度持平，多得其實，此同時代人之評語，皆不見於《索解》一書，頗可參考。有安永三年（一七七四）四月刊本。

此書糾正通行本《世説》處，一爲誤字，一爲誤讀。所謂『誤讀』，乃專指日語訓讀，據井

出祐『凡例』所列，其最後二則皆與『讀』相關，明確揭櫫其『尊師』主張：一則曰『訓讀之正，一從先生考定，不敢加臆見』；一則曰『訓讀有從諸家各異者，今偏依《索解》，學者即所從逆志而可也』。故其新見集中體現於對文字之正誤。

正誤包括正文、注文及評點。其方式有取諸本校讎而選其是者，有諸本無異而斷定爲誤者，皆『直以某當作某出之』；字可兩通者，雖有異則『以一本作某出之』；諸本無異文而意思未安者，則『以疑或恐別之』；此前諸解有臆改文字處，凡正確者皆取之，『以《考》云、《鈔撮》云等別之』；對劉辰翁、王世懋、李贄等人評語，凡有疑者，亦據他本直接更正之。如《德行上》『華歆、王朗』章李評有『小人舉事不慮始，大率難此』，即更正爲『大率類此』。考日本元禄七年（一六九四）梓行本，即作『大率難此』。經此書是正後，至安永八年（一七七九）之重刻本出，『難』字即挖改爲『類』。而江户時代其他評注者，亦多取此説。惟『大率難此』下復有『憑準若此』四字，則原文之誤，實在『難此』之『此』字當作『以』，原句應爲『大率難以憑準若此』。

此書是正文字，有據《古世説》者，即劉義慶撰、劉孝標注本（含後人評點），亦即未經王世貞删補之本。如《德行上》『初桓南郡』章劉孝標注『命以爲嗣』下云：『《古世説》「命」上有「臨終」二字。』又《文學中》『何晏注《老子》未畢』章下云：『《古世説》有「何平叔注《老子》始成」一條，語頗有異。』書中多列《古世説》與今本異同，文字以外，尚有門類，如

《方正下》『王藍田拜揚州』章下云：「《古世説》在《賞譽》。」《寵禮》『張憑句孝廉』章下云：「《古世説》在《文學》。」又『謝公作宣武司馬』章下云：「《古世説》在《賞譽》。」又『羅君章爲歡宣武從事』章下云：「《古世説》在《規箴》。」皆爲其例。

此書爲江户時代日本《世説》注中全面校訂文字之著，自多可取。然亦難免自以爲是，以正作誤。以卷首爲例，如袁褧《序》中『祖士雅』下云：『雅當作稚，誤也。』實則士雅乃祖逖字，原本無誤。又如陸師道《序》中『厠之中古華夏幾不分』下云：『「古」當作「故」，「夏」當作「夷」。』實則原文應作『厠之中華，夷夏幾不分』。同上『元朗之叙言語篇固』下云：『當作目。』實則『固』字應屬下，與『自』聯綴爲『固自』一詞。其他訛誤，亦不少見，讀者應留意考辨，不可盡信。

平賀房父之《索解》有金龍道人序，其書亦多存金龍遺説。此書亦偶爾徵引，内容已見《索解》，無足珍異。惟此書『附録』一卷，爲金龍道人所作，彌足珍貴。此《附録》由三野滕軌輯録義茶翁校訂《世説》之成果，與此書相較，互有發明，故滕軌乃『錯其所同，舉其所異，録以附焉。於是《世説》一部無遺珠之憾，遂爲完璧』（《世説訂正附録序》）。此《附録》之作者，今人川勝義雄定爲釋元昭，並云：『賣茶翁即釋元昭（一六七五—一七六三），乃黄檗宗肥前龍津寺僧人，釋大潮法兄，並與釋大典爲好友。』（《江户時代における世説研究の一面——建仁寺高峰和尚の研究をめぐって——》，《東方學》第二十輯，一九六〇年）案川勝此説非是，蓋將『義茶翁』誤讀作『賣茶翁』，而『義茶翁』乃金龍敬雄之號（見安永己未版《平安人物志》），與釋元昭無涉。且據滕軌《世説訂正附録序》稱，安永三年（一七七四）輯録此書完畢時，義茶翁仍在世，而釋元昭已歿於十一年前，顯非同一人。故略作辨正，並就教於學界。

金龍道人（一七一二—一七八二），美濃（岐阜縣）安八郡神户人，法名敬雄，姓高橋，字韶鳳，號金龍道人、道樂庵、雨新庵，幼爲天台宗僧人，壯歲之江户，住淺草寺。寬保三年（一七四三）三十一歲，爲武藏（今埼玉縣）足立郡吉祥寺住持。寶曆八年（一七五八）移居京都，並歷訪各地。寶曆十三年與江村北海結成賜杖堂詩社。晚年棲隱鄉里，乃學藝雙修、名聲極高之詩僧。天明二年歿，享年七十一歲。有詩集《雨新庵詩集》，隨筆集《道樂庵夜話》等。三野藤軌爲金龍道人侍童，此書即由他根據金龍手校《世説補》，與大江、井出之《世説訂正》對讀，『錯其所同，舉其所異，録以附焉』（《序》）。金龍道人之校對方法有二：一曰校異同，有對校者，所采書即《古世説》（即劉義慶《世説新語》）和《語林》；有他校者，依次利用《蒙求》《晉書》《南史》《莊子》《本草綱目注》《五車韻瑞》《隋書》《搜神記》《瑯琊代醉》等。一曰言是非，多采用理校。總體而言，其持論尚平，言必有據，故有益讀者，堪作參考。

此書有《日本世説新語注釋集成》本。

世說誤字誤讀訂正卷上

安藝　大江憲德卿

備後　井出祐萬年　編輯

○王世貞序

往往便人短詠而躍然長而沫鬐（本集長字下思字有是也）

○余治燕趙郡國獄少間無事○余居恒謂清作非也

王世懋序

大江德卿、井出萬年《世說誤字誤讀訂正》

世說訂正附録

三野　滕軌　録

陳序　宂襍（宂當作冗音宂雜也剩也）　凡例　第琊琊琊（琊下一有公字）弟

徃徃至一筆削（一作窮）三餘之晷矣自揆疏陋屢有遺失學者不妨是正

德行上

鸞　勢家（蒙求作勢家執家）　檡對（檡作擇合）　范巨卿　侯嬴（一作侯嬴）　注

不以困故（困作圖）　陳仲舉　舉下古世說有言爲士則行爲世範登車攬轡

有澄清天下之志四句（天）　王祥事　注　會有處氷小解魚出初譚

世說三箋　附録　一　文會堂藏

四、佚名《世説姓名考》

【著録】《國書總目録》《江户漢學書目》

此書作者不詳，一册，漢字撰述，寫本。據其鈐蓋印章，可知此書爲東北大學圖書館以荒井泰治之捐款購入狩野亨吉舊藏本。書末附購書簽，寫明『古書籍展覽會』，原屬東京書林文行堂所有。文行堂爲日本東京古書籍商業協同組合『東京古典會』成員之一，在二十世紀初頗負盛名。狩野亨吉（一八六五—一九四二）爲明治、大正時代哲學家、教育家，曾任日本京都帝國大學文科大學首任學長，招聘民間學者如幸田露伴、内藤湖南等，甚有識力。性喜藏書，多善本。晚年因資助後輩事業而窮困潦倒，將藏書售出。後輾轉歸入東北大學圖書館，建『狩野文庫』以存之。其遺著有安倍能成編《狩野亨吉遺文集》。荒井泰治（一八六一—一九二七），大正時期實業家，晚年任仙台商業會議所特别議員，故就近捐款予東北大學。

此書不分卷，主體部分爲《世説姓名考》，其後附《補諸書》，所列均歷代理學家姓名，計宋人七十九，元人二十二，明人二十四，清人十六，詳列其籍貫、姓氏、名字。最末附《欽定禮記義疏引用姓氏》。劉義慶《世説新語》加上劉孝標《注》所涉人物多達七百餘人，《世説補》及《注》人物更多，前人雖有所列舉，如《世説補》卷首皆附『釋名』，然多失之簡略。此書則詳加列舉，類似『人物小傳』，共計一千一百五十餘人。其材料多據《世説新語補》此書，並依篇目順序一一羅列其首出者，後文再出者不重複列舉。《姓名考》内容，主要根據《世説新語補》之注釋所引諸史傳，又參考其正文予以補充。如《德行上》『閔仲叔』名下云『謝承《後漢書》曰：閔貢字仲叔，太原人』出於原注，其下『含菽飲水，世稱節士』則取自正文；又如『高文通』名下云『後漢人，嵇康《高士傳》曰：高鳳，字文通，南陽葉人』出於原注（但補其時代），其下『解鄰里争財，又誦經不知雨之流麥』則概括正文。其取材大抵如此。個别條目兼采其他，如《言語中》『張天錫』下云：『張資《凉州記》曰：天錫字公純嘏，安定烏氏人，張耳後也。』出自原注，又云：『王評曰：三字字，過江爲人所笑，減一字。』則節録自王世懋批語。又如《企羡》『王無功』下已據原注及正文撰述其小傳，後又於天頭空白處補充云：『《文章軌範》注：王績，王通弟也。』又有參照他篇内容者，如《德行下》『張思曼』下先據《南史》，後謂『《賞譽下》云：齊武帝愛柳曰：似張緒少年』。此書所涉人物衆多，難免遺漏或重出，作者亦有發現並彌補者，如《方正下》『和嶠』下云：『當入《德行上》篇，脱故補此。』《識鑒》有

『傅亮』小傳，其天頭添筆云：『傅亮見前，字季友。』即指《雅量下》已有其傳。《賢媛》有『李平陽』小傳，天頭補注云：『李平陽重出，見《品藻下》。』即便如此，仍有遺漏而未自覺者，如《德行上》『皇甫謐』與『山巨源』之間漏『袁毅』；《德行下》『蔡子度』與『李汧公』之間漏『李德林』等。又魏晋以下，時人好以小名相稱，《世説》亦多此類，此書尤其重視，凡能考知者皆舉之。又有同名異人者，亦予以指出。個別無可考者，皆明確説明，其人多爲僧徒。

書名云『考』，除上述以外，有關於讀音者，如朏『音斐』，眭『音髓』，崥『音盛』，譓『音慧』等。惟云瑗『音緩』，雖《集韻》一讀作『胡關切，音還，與環同』，但此爲通假字讀音，其本字當讀作『于眷切，音援』。有關於複姓者，如《賞譽上》『成公簡』下云：『成公，複姓也，《語林》以公簡爲名，誤。』又有關於文字者，如《栖逸》有『戴逯』者，原出《世説新語》劉孝標注引《戴氏譜》，《世説補》亦載之，與戴逵爲兄弟。此書則作『遂』，並云：『遂與遁同。』案《晋書》《資治通鑑》皆作『逯』，其字安丘，與『隱遁』之意亦相合，似當以逯爲是。

《世説新語補》之和刻本有二，一爲元禄七年版，一爲安永八年版。此書所據爲後者，兩本凡有異文處，皆同於安永版。以《德行》上下篇爲例，如『孫恩』下『太守辛景斬首送之』，元禄版『景』作『昺』；『阮長之』下『嘗誤着屐出閤』，元禄版『閤』作『閣』；『齊世祖』下『齊武帝諱賾』，元禄版『賾』作『頤』。可確知其所據底本。惟作者並非一味迷信安永版，如

《德行上》『晋趙王』下云：『桓夫人生趙王倫。』復引《晋書》本傳：『倫，宣帝第九子也。母曰栢夫人。』並加案語曰：『「桓」作「栢」爲是。』元禄版作『栢』，安永版作『桓』，作者認爲『栢』是而『桓』非，亦有助於校勘。

此書今藏日本東北大學狩野文庫。

世說姓名考

閔仲叔　謝承後漢書曰閔貢字仲叔太原人含菽飲水世稱節士
○見德行上

趙孝　范曄後漢書曰趙孝字長平沛國蘄人父田禾將軍府爲
郎○同上　本傳父趙普也

朱文季　范曄後漢書曰朱暉字文季南陽宛人家世衣冠
○同上

張堪　范曄後漢書曰張堪字君游南陽宛人見文季欲託妻子者
○與上同條

高文通　後漢人嵇康高士傳曰高鳳字文通南陽葉人解
鄉里爭財又誦經不知雨之流麥○見德行上

梁伯鸞　范曄後漢書曰梁鴻字伯鸞扶風平陵人不因人熱
又娶妻孟光作五噫歌為適呉詩○同上

范巨卿　謝承後漢書曰范式字巨卿一名氾山陽金鄉人爲
荆州刺史知孔仲山於新野縣街卒○同上

孔仲山　范曄後漢書曰孔嵩字仲山南陽新野人懷道隱
身不受范式薦引又盜服其傭行遂還焉○與上同條

仿　作

一、服部南郭《大東世語》五卷

【著録】《新增書籍目録》《書籍目録作者寄》（通稱《仙鶴堂書目》）、《典籍作者便覽》《日本諸家人物誌》《近代著述目録》《漢學者傳記及著述集覽》《國書總目録》

服部南郭簡介見前。服部氏對《世説》情有獨衷，撰《世説遺》《世説補補釋名》，前者有關《世説新語》，後者有關《世説新語補》，其《大東世語》則爲日本首部仿『《世説》體』之著。

自劉義慶撰《世説新語》，其體例、風格影響後世甚鉅。唐人有王方慶《續世説新書》、劉肅《大唐新語》（明人改題《大唐世説新語》），或增補，或賡續，已開『仿《世説》』之例。至宋而有王讜《唐語林》，『分門記唐世事，新增《嗜好》等十七門』，遂有『《世説》體』之名（見晁公武《郡齋讀書志》卷三『小説類』）。衍至明清兩代，效者尤衆，魯迅評爲『纂舊聞則别無穎異，述時事則傷於矯揉』（《中國小説史略》第七篇），冷眼辣舌，措辭稍酷。所謂『《世説》體』者，其外在標誌即分門，合其語言風格之『或詞冷而趣遠，或事瑣而意奥』（袁褧《刻世説新語序》），則爲其文體典型。後人效仿續補，或有僅取其一者，不妨以廣義『《世説》體』視之。其風東傳，故朝鮮、日本亦有仿作。

《大東世語》五卷二册，收録自平安朝（七九四—一一八五）至鎌倉時代（一一八五—一三三三）天皇、王公、貴族、僧侣之逸聞軼事三百五十四則，以劉義慶《世説新語》爲藍本，『因事而附標，不援標而選事，故亡者闕焉』（《大東世語自序》），『標』指門類），共分三十一門，闕《自新》《儉嗇》《汰侈》《讒險》《惑溺》五門，次序亦一依劉書。據其自述，其書『節選自《三鏡》（指《大鏡》《水鏡》《增鏡》，爲日本歷史故事集）、《江談（抄）》《十訓抄》《今昔（物語集）》《宇治拾遺（物語）》《徒然草》』（《文會雜記》卷一之下）。正文而外，服部又綜羅文獻以爲自注。或叙人物履歷，或載相關事迹；或采異聞，或兼考證。有嵩山房寬延三年（一七五〇）據静齋藏刊本。

『大東』一詞，代指日本。以『大東』自命，始於朝鮮半島。其初僅自名爲『東』或『東人』『東國』，以著作而言，如《東文選》《東人詩話》《東國輿地勝覽》。繼而誇張爲『大東』，如

《大東韻府群玉》《大東詩林》《大東樂府》等。日本以『大東』自稱，始於元禄（一六八八—一七〇四）、寶永（一七〇四—一七一一）年間，如荻生徂徠（一六六六—一七二八）、平野金華（一六八八—一七三二）等人論著，約略與服部南郭同時。萩野鳩谷（一七一七—一八一七）《東藻會彙·地名箋》『日本總稱』下列『大東』一詞，其語源取自荻生徂徠，雖非探本之言，亦頗合日本文獻實況。其中多寓與中國頡頏之意，以平野氏爲服部所撰《南郭稿序》爲例，一則曰『知我大東，人文渙發，與元精之鬱勃，彬彬乎於今爲盛哉』；二則曰『吾大東仰於天文，俯於地理……數千年之間涵濡不遺，比屋可封，與夫堯舜設教之國，簒弑爲常，反覆無耻，穹廬明堂，左衽黼黻，以華變於夷而後已者，天淵不啻』；三則曰『遂令吾大東抗衡於堯舜之國者，子遷邪非邪？非子遷之志者，亦子遷之志也』（《金華稿删》卷四），與中國相抗之意顯然。至於以『大東』名書，亦似以服部此書爲最早，其後有永忠原《大東詩家地名考》（寶曆十年，一七六〇）、户崎允明《大東古今詩雋》（明和九年，一七七二）、舟木嘉助《大東詩集》（天明二年，一七八二）等，甚至影響及庶民文學，如金羅麻《大東閨語》（插圖本色情笑話）。服部雖爲徂徠弟子，然二者對中國態度有異。《先哲叢談》嘗記服部南郭每以『海外』或『彼邦』『彼方』稱唐土，未嘗稱『中華』『中國』，與徂徠之自題『東夷物茂卿』者大相徑庭。《知不足齋叢書》本《論語皇疏》有南郭序文，其『中華』二字爲刊刻時所改。故《大東世語》即日本之《世説新語》，與

《本朝世説》《皇和世説新語》之名一意。其所闕之門類，亦多屬人生負面者，以示『大東』無此類事。

此書撰述時間頗久，據服部書成後《自序》，早年讀《世説新語》，深感平安時代之『冠冕承世，資格異門』，與兩晋王、謝子弟之『琳琅芝蘭』，雖有時地之異，『何其雅尚標望之相似也』。故在其齡方壯之時，『旁讀家乘所記，有感於此』，『乃且隨見摘收，既已删潤以屬稿矣。中遭冗劇，棄而不卒，其稿亦從散亡』，忽忽幾四十年。及至晚歲，偶於廢簏中得其散稿，遂加綜理，『假臨川氏標目，選次附之』。以此觀之，其初稿當成於寶永末、正德初。今早稻田大學圖書館『服部文庫』所藏《大東世語和草》，乃以往學者所未悉者，當爲其早歲屬稿之殘叢。卷末即署『正德三年』（一七一三），可佐證以上推斷。該册有服部元雅（白賁長子，南郭長孫）於天明八年（一七八八）丁未（當作戊申）孟春正月四日識語，謂該册乃其祖南郭翁爲撰《大東世語》而自《三鏡》《徒然草》《太平記》《本朝語園》《江談抄》《元亨釋書》等書節録之條目。全文以日語書之，故曰『和草』，至其最後成書仍以漢文爲之。蓋服部雖標榜『大東』，其意非謂日本之勝於中國，乃謂日本之文雅不亞於中國，是『華』而非『夷』，故仍以漢文化爲標準衡量。其《言語》篇辨『止觀』非『四卷』云：『四止、觀卷，方言相亂。』即指日語皆讀作しかん，容易混淆。其謂日語爲『方言』，則『雅言』乃屬漢文。

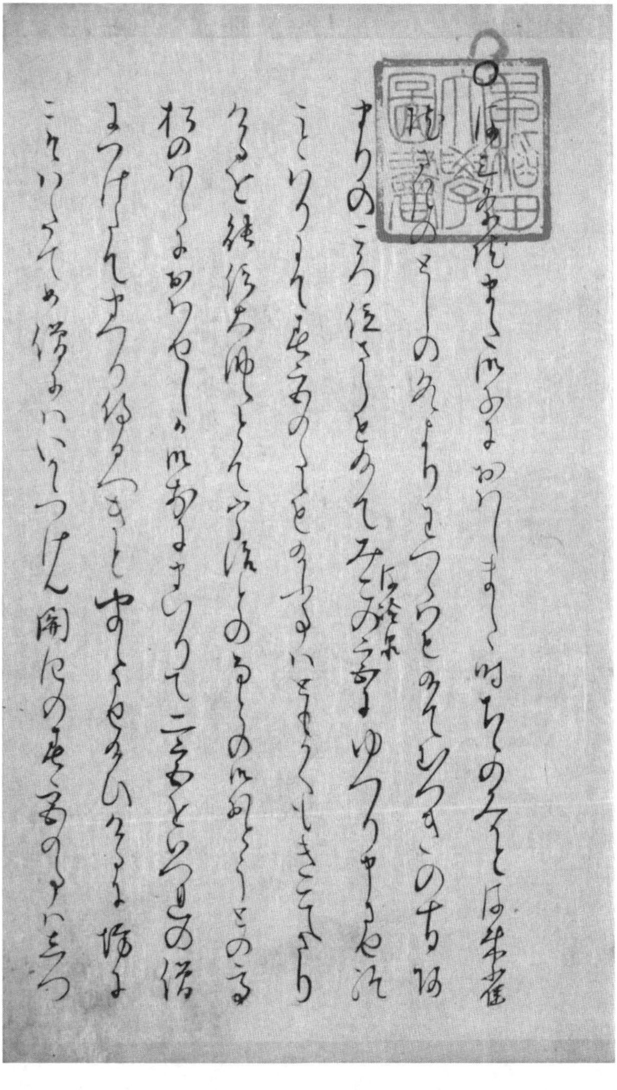

服部南郭《大東世語和草》

此書采擷以往文獻，無論原典爲日文或漢文，寫入此書，皆經服部翻譯或改撰，其文體風格一循《世説》之舊，以合『情協令旨，言中韶音』（《自序》）之意。詞彙如『將無』（《文學》）、『田舍翁』（《識鑒》）、『風流』（《品藻》）、『雅情』（《尤悔》），句式如『詩用千里，意已蕭條；至云萬里，更自遥遥』（《言語》），『雖有百術，不如一清』（《政事》），形容如『此公俗情未脱』（《方正》），『紀齊名體制如宫宅半舊，帷簾小敝，寒月獨夜，思婦彈箏其中；江以言如白沙如雪，落花滿庭，出舞陵王；江匡衡如壯夫，擐赤甲，策駿馬，方出闕門』（《品藻》），『不修儀則，人目醒日如泥』（《任誕》）等，皆極有《世説》風味。故《大東世語》與《世説新語》既標目大同，復風格相似，乃日本仿『《世説》體』之典型。

惟其如此，此書亦深受時人重視，次年即有方寸庵漆鍋《大東世語考》兩卷。中村宗哲（一六九九—一七七六），號方寸庵、漆翁、漆桶、汲齋、勇齋，通稱八兵衛，俳號紹樸，乃當時著名『塗師』（漆匠），安永五年卒，享年七十八歲。多活躍於京都，此書署名『洛北方寸庵漆鍋稿』，當亦完成於京都。《大東世語》之取材各有所本，此書詳細考證，每則皆舉其出處，抄録原文，服部列舉之外，尚有《三代實録》《續日本後紀》《文德實録》《日本後紀》《榮華物語》《古事談》《東鑒》《北條九代記》《續古事談》《古今著聞集》《本朝文粹》《平家物語》《源平盛衰記》《元亨釋書》《沙石集》《袋草子》《無名抄》《本朝蒙求》《本朝語園》《太平記》《井蛙抄》

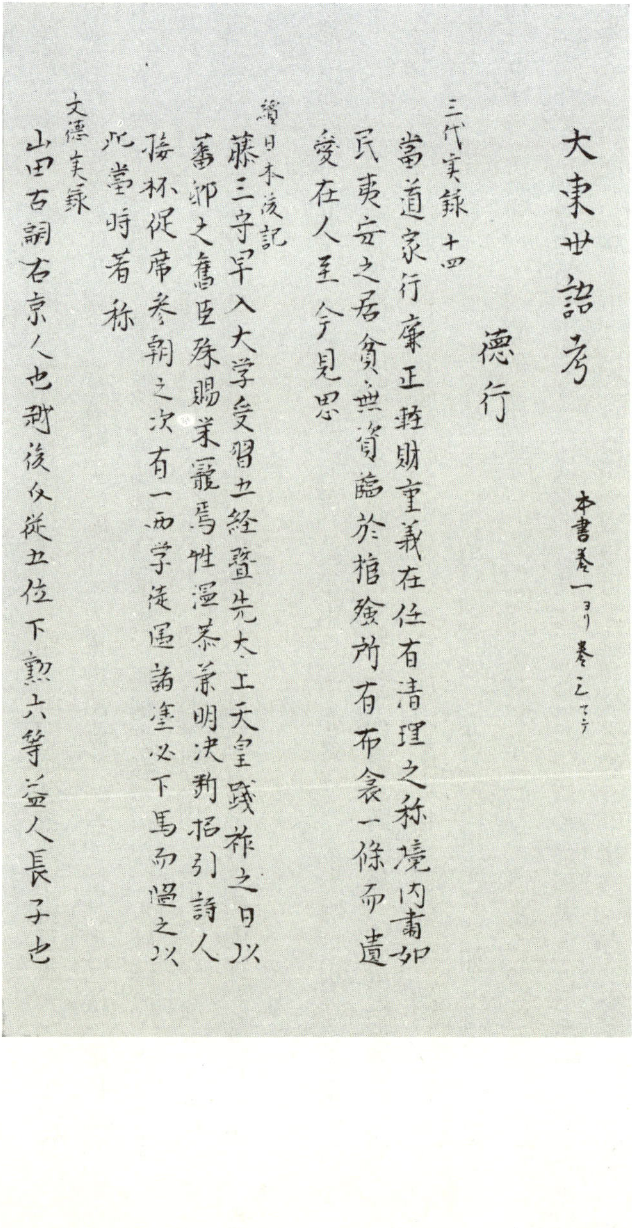

大東世語考　　本書巻一ヨリ巻三マデ

德行

三代実録 十四

當道家行廉正軽財重義在任有清理之称境内粛如民夷安之居貧無資臨於捐殯所有布衾一條而遺愛在人至今見思

續日本後記

藤三守早入大学受習五経暨先太上天皇践祚之日以藩邸之舊臣殊賜栄寵焉性温恭兼明決勤招引詩人接杯促席参朝之次有一面学徒遇諸塗必下馬而過之以此當時著称

文徳実録

山田古嗣右京人也尉後父従五位下勲六等益人長子也

《拾芥抄》等，采擷頗豐。今人從事《大東世語》注釋，多有所取。此書稿本今藏日本早稻田大學圖書館。

又堤朝風原輯、英平吉補定《近代著述目録》（一作《本朝諸名家著述書目録》）及小川貫道編《漢學者傳記及著述集覽》，皆著録中村蘭林《大東世語評》一卷，惜其書已佚。中村（一六九七—一七六一）名明遠，字子晦，號蘭林、盈進齋，通稱玄春、深藏，本姓藤原。從室鳩巢（一六五八—一七三四）學經學，以程、朱之學爲主，門下有柴野栗山（一七三六—一八〇七），對朱子學在日本傳播甚有功績。寶曆十一年歿，享年六十五歲。另著有《學山録》《讀易要領》《講習餘筆》等。

服部南郭於『《世説》』多有著述，乃成其家學，其中亦含《大東世語》。現存《大東世語姓名考》一卷，用《蹈海集遺》稿箋抄寫，此集爲南郭之子白賁之詩文集，字迹近似服部元雄（白賁之子）。其内容仿照《世説新語補釋名》，將《大東世語》中人物異稱彙爲一編。又有《大東世語備考》一卷，自《德行》至《捷悟》，提示每則要義，亦有標注出處者，如《言語》『實資自少稱』下注『《語園》』，『源納言顯基』下注『《徒然草》卷之二』，《文學》『管（當作菅）三品片（當作岸）柳論力詩』下注『《江談抄》卷之』，《雅量》『袴垂京都大盗』下注『《前太平記》卷之、《語園》《續古事》』，《品藻》『淑望目先達和歌之體』下注『《古今集序》』，『忠文東征』下注『《前太平記》』，重衡被虜千壽彈琴下注『《平家物語》』等。至如《識鑒》『承保中詔匡房搜《朗咏集》餘句』上注：『朗咏，此二字見《文選》孫綽《天台山賦》。』乃涉及語源之釋。《大東世語備考》亦抄本，作者不詳，當爲服部後人。以上二書現藏早稻田大學圖書館『服部文庫』，亦未見以往學者提及，蓋知之者不多故也，現已輯入《日本世説新語注釋集成》。

此書有《日本世説新語注釋集成》本。

大東世語卷之一

德行

坂奧州當道（坂將軍田村之孫廣野之子陸奧守）在任有清理之稱境內肅如民夷安之沒後無資臨於棺殮所有布衾一條而已（遺愛在人至後思之）

藤三守（真作之子也仕于大同承和之間自東宮亮累遷至右大臣）早入大學受習五經立性溫恭臨事明決常延詞客禮待盡歡朝參途遇學生必下馬而接之當時以此著稱

山田古嗣幼喪母（古嗣弘仁間人廉謹寡言母沒敬事從母天性篤孝後遭父憂哀毀）

大東世語　卷之一　靜齋藏　一

大東世語姓名考

嵯峨天皇　奉稱弘仁帝

仁明天皇（奉稱仁明帝）　亦奉稱承和帝

醍醐天皇　奉稱延喜帝

村上天皇　奉稱天曆帝

花山院天皇　奉稱寬和帝

一條帝（一作天皇）（奉稱一條帝）　亦奉稱永延帝

後一條院天皇　奉稱寬仁帝

後朱雀院天皇　奉稱長曆帝

後三條院天皇　奉稱延久帝

儒行

坂眞州當道在任云云

藤三守早入大學云云

山田古嗣幼云云

良岑相安生背貴寵云云

藤朝臣安騰超遷云云

注　良繩丁憂　又曰

群倫夜入安養尼云云

吏部尚中暴死云云

藤公道隆然云云

二、林榴岡《本朝世説》二卷

【著録】《國書總目録》

林榴岡（一六八一—一七五八），名悫、信充，字士厚、士僖、春察、士信，通稱七三郎，號榴岡、快堂、復軒、翼齋、彩雲峰、龍洞。林鵞峰（一六一八—一六八〇）之孫，鳳岡（一六四四—一七三二）之次子，林家第四代大學頭，謚正懿。有《榴岡詩集》五卷、《正懿先生文集》六卷、《續國史》十八卷、《越後孝婦傳》一卷、《越中孝子傳》一卷、《孝子十五郎傳》一卷、《詩法蠡測》三卷等。

《本朝世説》乃日本仿『《世説》體』之著，其撰述宗旨有林家之學特色。林家世代爲昌平黌大學頭，自第一代林羅山（一五八三—一六五七）始即愛讀《世説》，欲加訓點而未能，由其子林鵞峰完成。林鳳岡克承父祖，爲一代碩儒。榴岡以父爲師，傳其學統。在林家心目中，《世説新語》爲史部名著，林鵞峰即認爲『正史多本之者，漢魏亦有補史之闕者』，劉注『非尋常解釋之比，而可爲博識之助者也』（《世説點本跋》）。榴岡之仿《世説》，亦本此意。關修齡（松窗，一七二六—一八〇一）即謂劉義慶書『其體裁蓋得《春秋》筆削之法』，而榴岡乃『深於臨川氏者』，其書『類列義例，大抵規摹《世説》，亦不必盡放效於臨川』（《本朝世説序》）。既以『本朝』（即日本）冠名，則亦存有與中國相頡頏之意。觀其自序，不僅一而再言『何必恥中華』，且告誡後生『勿誇中華』。又以『君子國』自居，且謂孔子之欲居九夷、乘桴浮海，意在藉日本以行其道。故此書所表彰者，多爲能與中國相媲美之神德、禮典、人物、政道。此類言論，朝鮮半島雖早已有之，而日本則至江户時代方始出現。

劉義慶書原分三十六門，此書尤重其前四門。關修齡序此書云，『若其《德行》《言語》《政事》《文學》諸篇，取諸孔門四科，其餘則波及耳』，『臨川之意專在四科，則斯編不備門類亦何害』。《本朝世説》共分十門，前四門完整保留，故其核心乃在儒家思想，又新增《方術》《惡逆》兩門。《德行》篇褒揚之價值無非忠、讓、仁、孝、賢等觀念，《言語》篇並不及清言玄談，而重在嘉言懿行，《政事》强調仁愛，而尤重《文學》。其文字風格與《世説》迥異，乃憫時憂世之書。其内容斷自保元（一一五六—一一五九）之前，蓋緣此後歷史『君明則臣暗，臣明則君暗，而君臣兩全殆希也』，總根源即在『文學之衰』。其心目中之『文學』宗旨，俱在『周公、孔子之教』（《文學》）。《惡逆》門所記載者，多無道之君，或『頻造諸惡，不爲一善』，或其『所行多麄厲者』，可援以爲歷史教訓。

此書既以史書自命，其内容亦皆出於史籍。卷首列《援用書目》三十八種（舊淺草文庫本），雖以史籍爲主，亦有文集、物語、和歌如《菅家文草》《本朝文粹》《平治物語》《萬葉集》等。惟全書百二十九件（目録誤作『百二十七件』），實際所采多本於其祖林鵞峰所撰《本朝通鑒》（四十件）、《續本朝通鑒》（七十七件），少數條目出自《日本書紀》《史館茗話》（參見本間洋一《『本朝世説』の基礎的研究と本文》，載《同志社女子大學學術研究年報》二〇〇五年第五十六卷）。其他諸書，當爲參照之本。

此書版本系統有二：一爲『舊淺草文庫』本，今藏日本國立公文書館（内閣文庫），《國書總目録》著録爲作者『自筆稿本』；另一爲抄本系統，一藏日本國立國會圖書館，爲該館於明治三十年（一八九七）五月十四日購進，一藏日本京都大學圖書館西莊文庫，二抄本内容一致。惟抄本與稿本區别較大，『舊淺草文庫』本有閔修齡序，而抄本無之；又『舊淺草文庫』本闕《方正》篇，而抄本完好。此外，兩本雖皆有林榴岡自序，然最末一句有較大差異，關係此書著作時間。『舊淺草文庫』本作『寶曆二年壬申仲春下旬，書成之後，龍洞林祭酒信充把筆於斜好館中之夕佳樓下而序』，作序時間爲寶曆二年（一七五二）。抄本作『寶永元年冬之季旬之下，龍洞林忿士僖甫滴硯於梅花之清露、把筆於松陰之静處而序』，作序時間爲寶永元年（一七〇四），相去四十八載。若以後者爲準，此書果撰成於寶永元年，則堪稱日本首部仿『《世説》體』之著。閔修齡《序》亦云：『我邦有《説》，蓋自先生始矣。』然而閔《序》作於寶曆壬申（即二年），且謂『我國子先生述爲《本朝世説》成，以示不佞修齡，俾志其端』，則撰序之時亦即書成之時。又『舊淺草文庫』本爲作者手稿，其自序有『書成之後』四字尤堪注意，故可確認此書寫成於寶曆二年。抄本『寶永元年冬之季旬之下』云云，若非抄手之誤，當爲其有意著作預先撰序之時。服部南郭之《大東世語》五卷撰成於寬延元年（一七四八），有寬延三年嵩山房刊本，且在寬延四年已有方寸庵漆鍋之《大東世語考》二卷，皆早於寶曆二年。故《本朝世説》並非日本首部仿作，閔修齡之語似不確，應予糾正。

此書有《日本世説新語注釋集成》本。

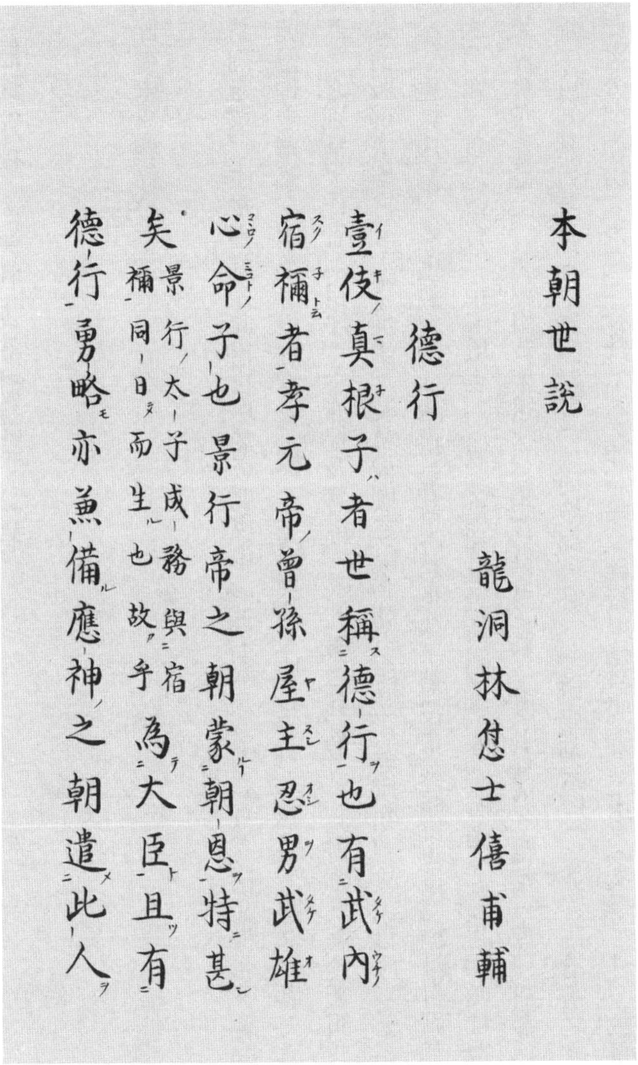

本朝世説

龍洞林怤士信甫輯

德行

壹伎真根子者世稱德行也有武內宿禰者孝元帝曾孫屋主忍男武雄心命子也景行帝之朝蒙朝恩特甚矣（景行太子成務與宿禰同日而生也故乎）爲大臣且有德行勇略亦兼備應神之朝遣此人

林榴岡《本朝世説》（『西莊文庫』本）

三、慧珣定環《皇和世説新語》二卷

此書未見著録。

慧珣定環，生平不詳。此書自序於天明戊申（一七八八）十一月，正文書名下署『日本濃州鹿野苑慧珣定環著，附弟忍澄訓點』。據《東藻會彙·地名箋》，『濃州』即東山道美濃（今岐阜縣南部）之別稱。作者《自序》中亦提及忍澄，爲此書之刊刻者。此書雖撰著於天明八年，然作者於此前服部南郭之《大東世語》及林榴岡之《本朝世説》一無所知，故《自序》云：『中華有《世説》，吾邦未有，然則於熙朝亦寧得無其人其事哉？蓋按未載諸筆也已。』且自謂其書仿《世説》之門類，自《德行》至《夙惠》，成《皇和世説新語》二卷。所謂『皇和』，亦日本之總稱，見《東藻會彙》卷上，語源出荻生徂徠，頗含自負之氣。書中有稱『鹿苑』者，細審其言，即作者自稱。可知其另著有《重修韻鏡》（《簡傲部》其二『傲原圖云』），並善爲滑稽之文。

此書分門盡仿《世説》，凡二十三類，除《德行》《言語》《政事》《文學》外，數量及次序皆有變更。乾卷四十則，坤卷三十則，共計七十則，其中四則爲『當山補處』，以『補云』（見《德行部》）或『補言』（見《識鑒部》《夙惠部》）標示。所紀諸事，上起平安時代，下至當代，而以當代爲主，最近之事記至天明八年（見《豪爽部》其三『行拔榜』、《捷悟部》其三『讀謎曆頌』）。文中略有自注。

此書雖爲仿『《世説》體』，其所仿者以形式言，實非劉義慶《世説新語》，乃王世貞《世説新語補》。觀卷首所列『附釋名』，即可了然。其中所涉三十二人，僧人約佔三分之一，故表彰佛教處不一而足。《德行部》固然有遵循儒家原則如『仁厚』『好賢』『至孝』等，然將一休禪師以尿滌地藏菩薩之頂謂之『名師灌頂』，且收『懊惱頓謝』之效，納入《德行部》，其言實不雅馴。與《世説》相關之内容有二：一見於《政事部》『國初三奉行』章，引『叔夜有言：蝨著頭而黑，麝食栢而香』，語見《世説·文學》『舊云王丞相過江左』章劉孝標注；二見於《捷悟部》『讀謎曆頌』則，讚歎某人『黠慧捷悟，勝讀魏武碑銘也矣』，事涉《世説·捷悟》『魏武嘗過曹娥碑下』章，實爲魏武讀碑銘。又《簡傲部》其二『傲原圖云』，自詡所著《重修韻鏡》可傲視華人。角田簡（一七八四—一八五五）曾嘲笑清人王晫《今世説》『雖自己事亦采入，幾於兒戲矣』（《近世叢語·凡例》），可移以爲評。除此而外，其記録又多涉粗醜，作者《自叙》再三以『兒戲』自嘲，亦非無因。

《世説・容止》所記多風姿俊秀如珠玉朗月之人，此書《容止部》共二則，其一『外胥勢異』，其二『面有異相生再齒』，重心在『異』，格調猥俗。《世説・巧藝》所記皆善琴棋書畫者，此書《巧藝部》竟入以『放屁爲能』（其二）者，且在《紕漏部》其二『張藩盛士禁焉』中再次述及，描寫趣味賤鄙。蓋自林家與徂徠提倡《世説》以來，其重心同中有異，前者在歷史，後者在語學，尤其重在『唐話』，而所謂『唐話者，華之俗語也』（白樫仲凱《跋唐話纂要》）。故岡白駒既著《世説新語補觿》，復撰《譯準開口新語》（一七五一），所記皆中日笑話，如馮夢龍《笑府》之類。此書所循者亦此類文體，如《排調部》其一『異貌似狖』，記豐臣秀吉問下屬何以人言其貌如猿猴，答曰：『君豈肖猿哉？猿還肖君也。』即改寫自岡白駒《譯準開口新語》中『非謂主君之面似猿也，猿反似主君之面耳』一則。作者頗有『文章華國』之願，《文學部》其二『常山人』，借元和仲秋（當作天和二年，一六八二）朝鮮通信使正使東山尹趾完之筆，以『未入扶桑界，先聞水户名』之句讚美水户藩主德川光圀（一六二八—一七〇一）。又其五『全辯古義』則表彰物徂徠，許之以『既自孔子没以來，漢儒亦見稀也』。既有此心，而又以滑稽自喜，下筆尤多『售醜』（《自序》語）處，可謂自穢其書。

此書有《日本世説新語注釋集成》本。

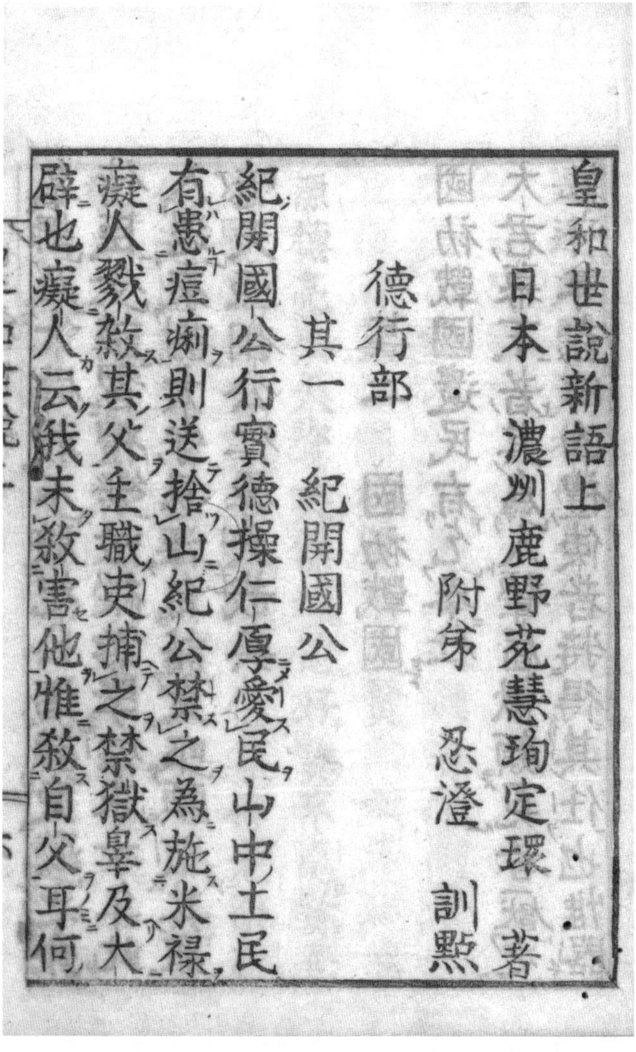

皇和世説新語上

日本　濃州鹿野苑慧珣定環　著

附弟　恐澄　訓點

德行部

其一　紀開國公

紀開國公行實德操仁厚愛民山中土民有患痘痢則送捨山紀公禁之爲施米祿癡人戮殺其父主職吏捕之禁獄辠及大辟也癡人云我未殺害他惟殺自父耳何

四、大田南畝著，文寶堂散木補《假名世説》二卷

【著録】《近代著述目録續編》《近代著述目録後編》《市島文庫和漢書目録》《天童文庫藏書目録》《國書總目録》《古典籍總和目録》

大田南畝（一七四九—一八二三），名覃，字子耜，號蜀山人（初代）、四方赤良、巴人亭、杏花園、山手馬鹿人、風鈴山人等，通稱直次郎，晚年改稱七左衛門。寶曆十三年（一七六三）入内山賀邸（一七二二—一七八八）之門，學國學與和歌，後從松崎觀海（一七二五—一七七六）學漢詩文。松崎嘗師事太宰春臺（一六八〇—一七四七）學儒學，又從高野蘭亭（一七〇四—一七五七）學詩文，延續荻生徂徠學脉。明和二年（一七六五）出仕，三年出版《明擢材》，四年刊行狂詩文《寢惚先生文集》，文名大噪。安永年間以詩文寫作爲主，天明年間改以狂歌創作爲主，後編《萬載狂歌集》《德和歌後萬載集》，爲當時狂歌之集大成者。天明年間爲文壇領袖，多才多藝。晚年爲知識界代表，有考證、隨筆之著。文政六年歿，享年七十五歲。其生前

有《假名世説》未完稿，由其門人散木增補爲完帙。又有《假名世説續編》，未見流傳。文寶堂（一七六八—一八二九），亦作文寶亭，姓今井，號食山人、散木、蜀山人（二代），通稱亀屋久右衛門。大田南畝門人，從學書法及狂歌。江户飯田町茶商，文政十二年歿，享年六十二歲。此書有文政八年（一八二五）東都書肆刊本。

此書爲現存首部以日語撰寫之仿《世説》，『假名』（日語）即與『真文』（漢字）相對而言。紀事自慶長（一五九六—一六一五）、元和（一六一五—一六二四）以至當代人物，仿《世説》門類，凡二十七門共計一百四十九條，尤以《言語》（二十九條）、《文學》（十七條）、《雅量》（十三條）、《巧藝》（十三條）、《德行》（十一條）、《排調》（十一條）爲主。有趣者如記録師門『私房語』，卷下《品藻補》『南郭似謝安之爲人』條記君脩（松崎觀海）語云：『日本近來學者皆有酒量，仁齋爲下户，東涯則上户，闇齋、淺見重次郎亦上户。徂徠爲下户，南郭、春臺爲上户。』又有記松崎、高野及友人平賀源内（一七二八—一七七九）、平秩東作（一七二六—一七八九）言行者，皆彌足珍貴。又卷上《豪爽補》節録宇佐美灊水（一七一〇—一七七六）《古文矩序》語，亦存徂徠散盡家財以購書之壯舉。

又此書雖分二十七門，依臨川之舊目，然其内容錯散凌亂，不以同一門類歸併，如卷上首三條爲《排調》，其次《巧藝》，其次二條《言語》，其次又爲《排調》。此後以日語撰作之仿《世説》，如僧超然《大谷世説》、大田子德《新世語》等，皆一循其例，始作倆者即爲此書。

作者又有《世説新語茶》，與《世説》無涉。因《世説新語補》之流行，江户時代遂有著書與《世説》無關而借用其名之風氣，此前如埜雅亮《世説兒談》、高桑闌更（一七二六—一七九八）《俳諧世説》，其後如松井簡治（一八六三—一九四五）《世説記》等，甚至翻譯西洋書亦如此，如中川將行（一八四八—一八九七）之譯 Robert Chambers（一八〇二—一八七一）書亦作《泰西世説》，皆爲其類。

此書版本甚多，除文政八年刊本外，又有博文館編輯局校訂《帝國文庫》本、《續帝國文庫》本、今泉定介編《百家説林正編》本、吉川弘文館編《新百家説林》本、塚本哲三編《有朋堂文庫》本、漆山又四郎編校之《日本隨筆全集》本、早川純三郎等編《日本隨筆大成》本等。

附：

山崎美成《假名世説序》

書之有説也尚矣。義慶氏取則於《説林》《説苑》，而《世説》之書作焉。自是而降，取則於斯者不爲不多矣。在彼《何氏語林》，在我《大東世語》，可謂其續耳。慶元以來，縉紳高士，諔儻詭異之性實繁有徒，則亦不可無説也。蜀山翁有見於此，嘗作《假名世説》。翁老罷踈懶，未能脱稿。頃者書賈請上之木，縱更不已，其門人文寶與校焉。曰：《世説》猶有補，況此未定册子，豈得不補乎？來即我謀。予與翁交情特厚，豈可以蕪陋而辭乎？因抄所憶記者若干條與之，且語之曰：古不謂乎『貂不足，狗尾續』？後之覽者以之議之，我將以此對。遂亦此言爲序。文政七年歲在甲申閏八月上浣，北峰山崎美成識。

東陽關思亮書。

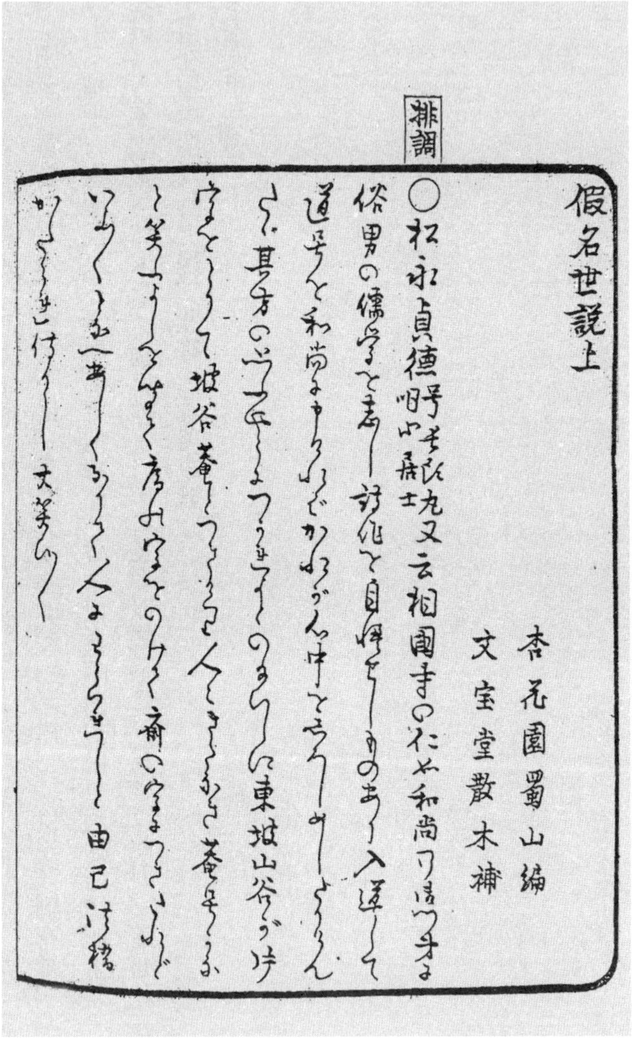
排調

假名世説上

杏花園蜀山編

文宝堂散木補

大田南畝著，文寶堂散木補《假名世説》

五、角田簡《近世叢語》八卷

【著録】《近代著述目録續編》《漆山天童藏書目録》《德川時代出版者出版物集覽續編》《國書總目録》《古典籍總和目録》

角田簡（一七八四—一八五五），大阪人，名簡，字大可、廉夫，通稱才次郎，號九華。原爲大阪岡藩邸計吏中島休治之子，幼時父亡，受富商升屋小佐衛門之庇護，入大阪懷德堂書院從中井竹山（一七三〇—一八〇四）學。後爲岡藩醫角田東水（一七三三—一七九七）養子，並任藩校由學館講師，弘化元年（一八四四）任教授。其間，曾入林述齋（一七六八—一八四一）之門學習數月。安政二年歿，享年七十二歲。角田東水乃豐後岡（今大分）人，簡爲其嗣子，故此書亦署爲『豐後岡角田簡大可撰』。此書及續編之外，另著有《近世人鏡録》十卷、《孔子履歷考》二卷、《史記通》《大學通》《毛詩通》《論語集説》《學庸集説》等。

此書體例，以分類言則仿效《世説新語》而增損之，角田自謂『此編條目，闕《容止》《假譎》《儉嗇》《汰侈》《讒險》《尤悔》六事』（《凡例》），實則尚闕《黜免》，故書中條目共計二十九類。其書初稿成於文化十三年（一八一六），文政四年（一八二一）赴江都（今東京），『官事之暇，更加是正，勒爲八卷』。文政九年冬蒙官許，十一年春刻成，由浪華書林松根堂藏梓。天保年間（一八三〇—一八四四）又有改正版。除刊本外，東京都立中央圖書館加賀文庫另藏有寫本。

《世説》在日本江户時代，或視作語學資料，或以爲史書羽翼。此書所重恰在後者。溯其近源，則在服部南郭之《大東世語》。其《凡例》『附記』歷數明清及江户仿《世説》之著，尤致慨於服部之著『於近世佳事也未有輯録……棄而無録，豈非一大欠事哉』，故其書斷自『元和建櫜』，即德川秀忠（一五七九—一六三二）爲幕府將軍（一六〇五—一六二三）以來，直至當世『既往之人』，以補《世語》僅以中古爲限之憾。進而言之，此書與《世語》之别，尚有重文辭與資修史之異，佐藤坦（一七七二—一八五九）之《序》已揭其意，堪稱卓見。

大凡修史，重在史識。此書之旨，即其《凡例》所云『全爲揄揚近世人文』。其氣概議論，皆關係當代，賴山陽（一七八一—一八三二）所謂『蓋仿體劉氏《世説》，而意自有在焉』（《近世叢語序》）。既以『揄揚』爲主，所記者便多爲『博學有道者，奇偉磊落者，淵清玉潔者，逸韻飄蕩者，奇行玩世者及高僧賢婦孝子』（《自序》語），故『夫《假譎》《汰侈》《讒險》等，最足害人心術，假令有其人，一概不存而可』。名義云『因事立目，不立目集事，故無事者闕之』（《凡例》），實則雖有其事，而凡涉『害人心術』者，概從删略，頗合《周易》『多識前言往行以畜其德』之旨，亦合方苞作文之『義法』，立言須『有物』『有序』之教（《古文約選序例》）。

江户儒學雖多派别之争，角田受乃師中井竹山之影響，頗主折衷。中井以宋人王柏（魯齋）自比，嘗言『吾學非林（述齋）非山崎（闇齋），一家宋學』（《續近世叢語·方正》）。儒學之根柢始於孝道，此書尤爲强調，不僅《德行》多孝子，《賢媛》多孝婦，且嘗記一老儒勸某人改過之語云：『孝者百行之首，《記》曰朝省夕定，請自此始。』其人遵循此教，『遂爲孝子』，得入《自新》。故全書以儒學爲宗，凡有害名教之事之人，皆芟薙不存，不同於劉義慶之《世説》，『究其歸趣，則或出於柱下，或原於葱嶺』（川田興《續近世叢語序》）。《德行》首章記林羅山棄佛歸儒，終啓一代文教之盛，堪稱開宗明義。又鐵眼和尚之偉績在刻《一切經》，此書所記則在其賙給飢饉，雖有名緇高僧之事，亦不在宣教。《方正》記三浦竹溪對僧言：『吾道治天下之道，而士君子之業也，與緇徒道不同矣。』《品藻》記室鳩巢評山崎闇齋『晚節好神道，使人失望』，在在皆弘揚儒道。

人文之可堪揄揚者，全在士氣。賴山陽《序》稱『士氣與世運相隨』，此書亦重之。如記梁田蜕巖『家唯四壁立，而氣燄赫奕』（《文學》）；太宰春臺嚴拒日光王吹笛之命，不惜破笛（《方正》）；三浦竹溪自言『見於王侯，藐其巍巍然而横佚辨説』（《品藻》）；山崎闇齋於會津侯前滔滔自述其『三樂』，而以『樂之最大者，幸生於卑賤，不生於侯家是也』（《規箴》）；僧人契冲謝水户義公之請曰：『林壑之性，不慣謁公侯。』（《寵禮》）以此針砭『方今自稱師儒者，多無意行道，東奔西走，欲其技易售』（《文學》），故其書足以『起儒敦薄』（賴山陽《序》）。然揄揚不當，亦難免可議。如《文學》所載高暘谷（彝，一七一九—一七六六）『聰明奇拔，以詩學稱。嘗託舶來清人贈詩於禮部尚書沈德潛及其門下七子，德潛等得詩嘉尚焉，次韻酬之。……聲號由是大顯』。此乃江户漢詩史上著名公案，所謂沈德潛及七子酬詩及賜序，皆杭州二奸商倩人詭撰，暘谷不及辨，以此洋洋自得，四處宣揚。數年後沈氏著作東傳，具載却暘谷所請之事，其事敗露，人以爲耻。原田東岳（一七二九—一七八三）著《詩學新論》（刊於明和九年，一七七二）粗載其始末，且引大潮禪師（一六七六—一七六八）之評，斥高氏『本賤丈夫』。角田書成於其後，豈能不知，未加辨正，或與其存心『成人之美，不成人之惡』（西島長孫《續近世叢語跋》）有關。然無視事實，終爲一憾。

此書出版後頗有反響，但所記人物多達二百四十六人，且散見各類，參考不便。東條爲親於是撰《近世叢語索引》（《國書總目録》亦有著録），將人物爲分神道、國學、儒、釋、醫、書、畫、俳歌、藩臣、婦女、隱逸、庶人、雜類等，編爲索引，完成於安政戊午（一八五八）。此時《續近世叢語》已刊行，而《索引》未及之。東條氏生平不詳，此舉頗類朝鮮時代人爲《世說新語補》而撰《世説新語姓彙韻分》，皆爲讀者查找人物方便而作。《索引》今藏日本國立國會圖書館。

此書有《日本世説新語注釋集成》本。

近世叢語卷之一

豐後岡 角田簡大可撰

德行

林羅山寓建仁寺讀書，寺僧奇其髫俊，欲度爲僧，不可強之。曰：童子忠決不棄父母。乃遯歸。

林羅山，名忠，一名信勝，字子信。其先加賀人，後徙紀伊。及父信時，來住平安。羅山生而神彩秀徹，年十四讀書乎東山僧房。時屬喪亂，書籍甚乏，乃百方索借諷誦，每達曙。緇流碩學輩試問疑義，則娓娓剖析，厭飫其心，皆稱爲神童。及長，英邁絕倫，有曠世之才，益馳騁百家，凡有字成冊者，無所不閱，究其浩瀚而各諸六經。嘗言漢唐以來文字，皆有所原，等而上之，大要歸乎六經。唯六經文字無所原，道固在此。又言後世能得六經之旨者，唯有程朱之學。今日異端外說又雍塞之，是不可不力闢焉。遂銳意以興洛閩之學

近世叢語 卷一 一

東條爲親《近世叢語索引》封面

六、角田簡《續近世叢語》八卷

【著録】《近代著述目録續編》《德川時代出版者出版物集覽續編》《國書總目録》《古典籍總和目録》

角田簡生平見前。

此書爲《近世叢語》之續編。前編刊行於文政十一年（一八二八），續編則在弘化二年（一八四五）。與前編相比，宗旨一脉相承，惟門類增《容止》，減《忿狷》《紕漏》《仇隟》，共二十七門。又於目録之後更正前編三事，即以北島雪山爲北村、井上通女和歌句中以『那玖』爲『那禮』及水足博泉之死因。前編書水足自殺事，一見於《文學》，再見於《傷逝》，更正所據僅熊本藩人言其病死非自殺，亦傳聞之一，其所謂『補過』云云，似有隱情。前編未刊行時，《凡例》已有『當續而成書，庶爲完書』之言，且有部分章節之構撰。如《凡例》云：『書「别見」而不見編内者，則續編載之，若《政事篇》中井竹山、《賢媛篇》荷田春滿是也。』今案中井之傳見續編《方正》，荷田小傳見續編《文學》。前編《凡例》撰於文政五年，則續編之起稿當更早於此。

續編之作，宗旨一如前編，志在史書之資。川田興（一八〇六—一八五九）《序》稱此書『足以有補於世綱民彝』，西島長孫（一七八〇—一八五二）《跋》視此書『亦史之一體』。《德行》篇記僧人宜翁『時時讀《孝經》，獨盡其心』；又表彰僧卓榮之義氣，十六年無間隔爲其師求情。自注言卓榮事寥寥數語，乃以大篇幅記義奴市兵衛事，並加案語云：『市兵衛事迹與卓榮頗相似也，故附載於此。我邦纂修國史，則二子者可入於《特行傳》。』全書案語僅此一則，故尤當重視。佐藤坦（一七七二—一八五九）《近世叢語序》云：『昭代史書猶未全備，則如斯編者，或可以資修史之用，豈特羽翼之云已乎？』兩者實可呼應。《栖逸》門專立一章爲其養父角田東水作傳，既表彰其方正謇特，又推崇其蕭散自然，而終歸於孝。篇末自省云：『由賤官累被擢用，今得禄益職進者，即先君之餘慶也，豈簡之力也哉！』蓋欲自瑣屑零碎中見哲人奇士。其《惑溺》所記，多偏嗜某物而不失風雅者。如前編記栢樹齋酷嗜酒，嘗曰『酒雖薄，勝茶湯』，其言本於蘇軾之『薄薄酒，勝茶湯』（《薄薄酒》）；又記永田東皋之性嗜豆腐，乃以『黎祁庵』名齋，又自號『黎祁道人』，典出陸游《鄰曲》詩之『洗釜煮黎祁』自注：『蜀人以名豆腐。』續編《惑溺》僅一則，記清原雄風『獨慕大友旅人之爲人，每日飲酒陶然』，亦本於旅人《贊酒歌》十三首，見《萬葉集》。雖逍遥自適，亦雅尚風流，『未嘗至害於名教』（川田興《序》）。西島長孫比較當時流行著作，『或翻雕唐本以國譯之，或作作詩之捷法以眩貨之，至其尤者，某物語、集外傳等，殫是架空捉風之譚』，而此書則能『使惰夫頑士駸駸然不覺入群彦之林，有益於世道人心，蓋莫大焉』（《續近世叢語跋》）。

無論前編續編，其史料多有所本。前編攟拾《畸人傳》《先哲叢談》頗多（見《凡例》），續編則於賴春水（一七四六—一八一六）之《在津紀事》《師友志》每有采擷（參見賴惟勤《角田九華の『続近世叢語』をめぐって》），皆以剪裁爲主。

此書有《日本世說新語注釋集成》本。

續近世叢語卷之一

豐後岡　角田簡大可撰

德行

中江藤樹恒患痰咳、每疾累數枕而臥、從愈去之、病革時、其母問之、藤樹懼母之憂、力疾手自去一枕、曰、小愈、母曰、然則不日必起、悅而出、藤樹則死矣、川田琴卿歎曰、先生之於孝、至死不變、可謂至孝矣、

川田琴卿、名資深、字君潤、晚年又號雄琴、江都人、始仕蒔田侯、有故致仕而行、享保十八年、加藤遠江守泰溫厚禮聘之、琴卿乃委質爲臣、從居大洲、琴卿學博識高、倡餘姚之學、與三輪執齋厚善、著書十餘種、藏於家、

續近世叢語　一

七、釋超然《大谷世説》一卷

此書未見著録。

釋超然（一七九三—一八六八），字不群，號虞淵、高尚坊，法名若英，近江（今滋賀縣）人。江州高宮圓照寺大濤法師第二子，繼承家學，夙有令名，屬浄土真宗本願寺派。嘗從香川黄中（一七三二—一八二二）學和歌，後爲著名歌僧。與大谷光澤（一七九八—一八七一）同寺，並承其命校訂《真宗法要典據》。與賴三樹三郎（一八二五—一八五九）、月性（一八一七—一八五八）等人共同從事尊攘運動，著《斥邪漫筆》《二筆》以表勤王之志。精通史籍，著述甚多，有《日本僧寶事苑》《和漢駢事》等六十五部。慶應四年寂，享年七十七歲。

此書最大特色乃爲釋家《世説》。考《世説》體之仿作，自明代以來而有專題者，王士禛嘗舉『李清作《女世説》，顔從喬作《僧世説》，王晫作《今世説》』（《居易録》卷十三）等，明末清初趙瑜亦有《兒世説》。案顔從喬爲『明季高士』，安徽懷寧人，『性曠恬，喜讀書，尤耽釋典』，王士禛年少時『喜觀』其《僧世説》（《居易録》卷二十）。惟其書罕見流傳，僅知其名，難以詳考。然而若不拘泥於名稱，而以『《世説》體』觀之，則明末僧人南源性派（一六三一—一六九二）纂録之《鑒古録》堪稱一種『僧世説』。該書分三十門，雖兼綜三教，實偏重佛氏。其門類有全同於《世説》者，如《雅量》《識鑒》，亦有接近者，如《嚴正》之於《方正》，《内省》之於《自新》，《悔過》之於《尤悔》，且其書内容有直接出自《世説新語補》者。《鑒古録》采擷文獻，雖大多出於中國，然亦有日本佛門記事，始於平安時代，下訖纂者同時，共計五十六則，實爲現存釋家《世説》之嚆矢。南源性派本爲福州僧人，俗姓林，號松雪，法名良衍、非泉。永曆八年（清順治十一年，日本承應三年，一六五四）隨隱元隆琦（一五九二—一六七三）同赴日，住長崎興福寺，後於宇治開創萬福寺，乃黄檗宗僧人。此書撰於延寶八年（一六八〇），刊於天和三年（一六八三），皆在日本所爲，故未能流傳中國。以『仿《世説》體』源流視之，堪當《大谷世説》之先聲。

此書記述範圍爲日本浄土真宗東西兩派佛門巨匠之名言軼事，多得自師友傳説及其耳聞目睹。日本浄土真宗由親鸞（一一七三—一二六二）開創，至江户初期分爲東西兩派，西本願寺又稱本願寺派，東本願寺又稱大谷派。此書門類全仿《世説新語》，以日語爲之，不分詮次，僅在條目之上書其門類，依次爲《規箴》《文學》（四條）、《言語》《任誕》《德行》《方正》等，共七

鑑古録卷第一

福唐沙門性派南源輯

愼行

夫人處世品行爲先植之甚難喪之甚易天地在上鬼神在傍暗室屋漏之中指視尤嚴凡於日用常當自檢念頭起處少有差池遂至毀名敗行則明有人非幽有鬼責何能自免故佛言汝等比丘已能住戒當制五根勿令放逸譬如牧牛之人執杖視之不令犯人苗稼此五根者心爲其主制之一處無事不辨可不警歟叙愼行第一

十六則。自《大東世語》始，日本仿《世説》即有簡省門類之傳統，多屬人生負面價值，如角田簡《近世叢語》正續編，删除者有《假譎》《黜免》《儉嗇》《汰侈》《讒險》《尤悔》《忿狷》《紕漏》《仇隟》等九門。此書則不避之，如《紕漏》七則，《黜免》《忿狷》《汰侈》《讒險》各一則，又有《賢媛》一則，故能多側面反映佛門實況。此書署名『虞淵方外史』，虞淵爲其號，以『方外史』自居，實有史學意味，此亦日本仿《世説》體之傳統。此書材料亦作爲龍護法師《清流紀談》（虞淵校補）來源之一，後者成書於天保四年（一八三三），則此書之撰成當在此前。二書宗旨既一，故可參看。據龍護自跋，《清流紀談》亦『僧史緇傳』之流，其作意『純在乎警策後進耳』，故以『國語』（日語）述叢林前輩之嘉言懿行，正爲反觀『輓近學者則衰弊何如也』。其書初成，以示超然，則慨然曰：『師先得我心。』其著書宗旨皆在『救時弊，益後進』（《清流紀談跋》）。由此理解《大谷世説》之宗旨，思過半矣。繼而上溯《鑒古録》，其宗旨亦同泊如運敞（一六一四—一六九三）之序云：『君子之言行，能動乎天地，感乎鬼神，而使貪夫廉、懦夫立，是有補於教化也多矣，此篇之作，意蓋在兹。』（《鑒古録序》）此書與之一脉相承，非僅輯録佛門事迹而已。

又超然於《世説新語補》極爲熟稔，《大谷世説》以外，又有《和漢駢事》兩卷。據其《凡例》稱：『兹編非自創，先儒山本洞雲之《兩鏡録》、安積澹泊之《湖亭涉筆》之中，亦載數

清流紀談卷一

浪華　龍護山人　輯錄
淡海　廣淵逸士　挍補

永照寺西吟

西吟師又昭默ト號ス豐前ノ人ナリ幼齡ノコロ學ヲ嗜ミ中津ニテ紀州性應寺了尊講談セラレシ席ニ列リシ日來會ノ所化毎朝輪次ニ唱導セシニ吟公ニ至リ辭シテ應ヘズ再三コレヲ勸シカバサラバ聞トコロノ講語ヲ述テ責ヲ塞グベシトテ翌日坐ニノボリテ覆述スルニ一言ノ遺漏ナク衆人耳ヲ驚セリコレヨリ世ニ名ヲ知レシトゾハタコレヨリ學ニ志シ韻書ヲ取テ日ニ數十紙ヲ暗誦シ

清流紀談　卷一　二

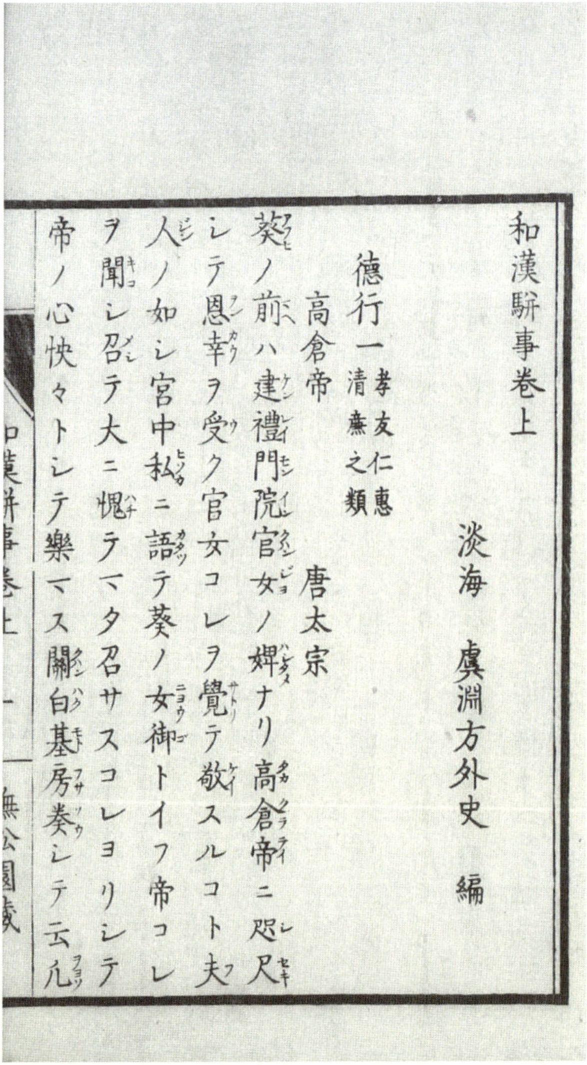
和漢駢事巻上　淡海　虞淵方外史　編

德行一　孝友仁恵 清廉之類

高倉帝　唐太宗

葵ノ前ハ建禮門院官女ノ婢ナリ高倉帝ニ咫尺シテ恩幸ヲ受ク官女コレヲ覺テ敬スルコト夫人ノ如シ宮中私ニ語テ葵ノ女御トイフ帝コレヲ聞シ召テ大ニ愧テマタ召サスコレヨリシテ帝ノ心快々トシテ楽マス關白基房奏シテ云凡

條，恨彼蒐羅未廣而卷畢。是以焚誦之暇，涉獵子史，取其相類之事摘抄，合古人之所録若干條而成。』其共同點皆並舉和漢人物事迹，然安積澹泊（一六五六—一七三七）之書不分門類，山本洞雲之書僅分《夫婦》《父子》《君臣》等五門，似乎類書，而超然之《和漢駢事》，分類頗仿《世説》，故有《德行》《氣節》《器識》《經務》《文雅》《兵機》《巧藝》《靈奇》《智數》《雜類》等，其摘抄《世説新語補》條目計十一則（《德行》四、《文雅》一、《巧藝》三、《智數》一、《雜類》二）。藤公岳《序》稱超然『長史學』，中川禄《跋》謂之『好和漢史書』，『上下數千年，斷盡乎塵尾一揮之下』，此書亦署名『虞淵方外史』，其視《世説》，殆與史書一律，故此書亦可與《大谷世説》相參。

超然曾住江州（今滋賀縣）覺成寺，此書稿本原藏覺成寺，大正初年妻木直良編《真宗全書》，據其手稿編入，故有編者校記三條。

又大連圖書館有『大谷文庫』，其書爲大谷光瑞（一八七六—一九四七）舊藏，自日本運來。光瑞父爲日本净土真宗西本願寺第二十一世住持大谷光尊（一八五〇—一九〇三），祖父即西本願寺二十世住持大谷光澤（與釋超然同寺）。光瑞於明治三十六年（一九〇三）繼任第二十二世住持，法名鏡如，藏書頗能反映大谷家族之趣味，其中亦關乎《世説新語》。如元禄本《世説新語補》有大谷光瑞校勘之迹，藏書中又有《世説逸》《世説新語補國字解》《世説鈔撮》《世説箋本》等（參見張本義《從『大谷文庫』看中國古典小説的東傳與回流》，載《日本研究》一九九九年第三期）。由此亦可略窺大谷家族與超然之《世説》因緣。

大谷世說

淡海　虞淵方外史　編

㊀規箴

一 住賢師㊀。若年ニテ他學セラレシ頃。雅龍和尚ニ從ヒ天台ヲ學ブ。六條新町隅屋仁右衞門ト云ヘルニ龍師ト同居セラレシ。或時酒ヲ過シ醉臥セラレシ處ヘ。和尚歸ラレシヲ內ヨリ高聲ニ。雅龍々々ト呼レシカハ。和尚大ニ憤リ。亭主ヲ呼。同席ニテ酒ノミタルトキ。戲レニ言ヘルコトハ醉狂トモ思ハメ。我ハ露ハカリモ酒ヲ呑マス。外ヨリカヘリシヲ。カヽル言樣コソイト心得子。明日マテステ置カハ事六ケシ。今夜中ニ我ニ詫セヨト云ヘト。アラヽカニ曰ハレシヲ。主ヨリ傳ヘ聞テ。酒モ忽ニ醒テ。恐ル〳〵申コトハリシカハ。ユルサレキトカタラレシ。

㊁文學

二 師。賢公㊁ニ於テハ。隔心ナク申示サレ。イト親シカリケルニヤ。外ヨリ歸リテ。卒然トシテ十如トハイカナルモノソトイハレシニ。十界流轉ノ因果ト答シニ。スカサズ。ソレ數相ナリ。觀道ニカケテハ如何トアル。聲ノ下ニ。タヽコレ現前起滅ノ念ナリト答ヘシカハ。大ニ機嫌ヨク。大分學業上達セシトホメラレケルトソ。

三 同師洛西粟生ニアリケル門人ノモトヘ黃物ヲカリニユカレシニ。賢公供シテ。町ハツレニ出ルニ。師トアル酒店アリケルヲミテ立寄リ。酒ヲ酌ハヤト云ハレシニ。賢公折シモ師ニ隱クシテ阿堵二串。懷ニシタリケレト。無キ由ヲツクリテ斷ハリシニ。其懷ニシタルハ如何ニトイハレシカハ。詮方ナクテ取リ出シ。モハヤコレノミニ候ヘハ過酒アルマシクト諫メツヽ、酒飮ミヌ。偖志ス方ヘ行テ借得テカヘルニ。ハヤ懷ニシタル故ニ。カタラフマテモナク又酒店ヘ入テ思ノ儘ニ呑マレシトソ。

其頃東門ノ鳳嶺嗣講。台家ニ精シカリケレハ。師ヲ請シテ疑義ヲ質シタキ由ニテ。龍師行カレシニ。例ノ賢公侍者ニテ。次ノ間ニ。今ノ法海講主トトモニ侍座セシニ。暫クシテ答問屢アリテ。龍師嗜酒ユヘコトニトリツクロヒテモテナサレタリ。師アクマテ呑レケリ。サテ門ヲ出ルニ及テ。高聲ニ。住賢子サテモ甘キ酒カナ。今一度呑ミタキト謂ハレシトソ。

八、大田子德《新世語》

此書未見著録。

大田才次郎，字子德，號淳軒，幕末明治时期漢文學者。大田生於學術世家，曾祖大田錦城（一七六五—一八二五），名元貞，字公幹，通稱才佐。從學於山本北山（一七五二—一八一二），曾爲加賀藩儒，後爲吉田藩時習館教授，著《九經談》《春草堂詩集》等。祖父大田晴軒（一七九五—一八七三），名敦，字叔復，通稱魯三郎、魯佐，吉田藩時習館教授，著《三經小傳》《老子全解》等。父大田晴齋（一八三三—一八九七），名修文，字翼武，通稱成之進、成之，吉田藩士。爲此書作序跋者，大田成之以外，若村山德淳（一八三一—一八九三）、石川鴻齋（一八三三—一九一八），皆子德之父執。由此可推，其生年約在嘉永（一八四八—一八五四）末、安政（一八五四—一八六〇）初，此書約撰於四十歲之前，明治二十五年（一八九二）東京惠愛堂刊印。除此書外，子德又有《新撰明治字典》《新撰歷史字典》《舊聞小録》等。

此書上承《世説新語》《大東世語》《近世叢語》傳統，以多識前言往行爲鵠的，輯日本慶長、元和以來下迄慶應年間（有兩則記事爲明治戊辰，亦即慶應四年）『達人傑士之嘉言懿行可師承者，旁搜博采，筆以國字，便乎誦習』（村山德淳《新世語叙》），共三百三十六則。雖以日語爲之，實有《世説》風味。與前三者不同者，乃在『不別門部，從見從録，其言行事迹，往往雜出』（大田成之《新世語序》）。但若仔細品讀，亦可聯想及諸書門類。如『平野金華畜十八貓』條云：『平野金華一生貧窶，僅畜一妾、一僕、十八貓。鄉人詰之，金華曰：「妾侍酒侍寢，晝夜不可無。僕買酒餚、掃門庭，一日不可無。貓則誅黠鼠、守室廚，亦不可無。」鄉人曰：「先生之言誠有理，然則畜貓一隻足矣，何用十八？」金華曰：「本是一貓，子孫繁殖而至此，是亦吾家吉祥，豈忍洗之？汝忍洗之乎？不仁亦甚矣！」其人無以答。蓋其鄉僻陋，有「洗子」（即溺嬰）惡習，故諷之。』此則可入《言語》門，他如『西鄉隆盛之雅量』『伊藤仁齋之大量』可入《雅量》，『賴山陽潛心史學』『皆川淇園發明字學』可入《文學》，『雲井龍雄容貌似婦人』可入《容止》，『徂徠之嗜好』可入《簡傲》。其他堪與《世説》比類之事亦不少，如『山本北山高慢』記山本與龜田鵬齋齊名，山本嘗傲然語之云：『當今學士唯卿與余，然世必稱「北山鵬齋」，無曰「鵬齋北山」者。』類似《世説·排調》争姓族先後之云『王葛』與『葛王』。又『森田節齋娶醜婦』條，亦類似《世説·賢媛》『許允婦』章。故此書雖未分門別類，實則與

『《世說》體』無異。

大田子德此書，表彰其祖德者不一而足，如『曾祖錦城君善講書』『祖晴軒君之先見』『曾祖之名譽』『祖晴軒君駁朝川善庵之説』『曾祖與藤田幽谷交深』『祖仲秋賦觀月詩』『曾祖嘲弄諸名家』『祖父與星巖各言其志』『祖父得導人之法』等，大田另有《舊聞小録》，亦屢誦先人清芬，二書實可並觀。

此書雖以日語爲之，其材料來源則亦有漢文獻，如『山崎闇齋答會津侯之問』『山崎闇齋發問驚弟子』兩條皆出於《先哲叢談》。甚至有西洋文獻，如『美使彼里賞吉田松蔭』，所謂『彼里』，即指美國海軍准將 Matthew Calbraith Perry（一七九四—一八五八），他於一八五三年率美國東印度艦隊到日本，翌年簽署《日美和親條約》（《續通信全覽》稱《彼里條約》），後爲駐日美國公使。此條即出於其《日本紀行》，曾由瀨脇壽人、内田又五郎、手塚律藏（一八二二—一八七八）、手塚節藏（一八四二—一八八六）、工藤巖藏等譯爲日語，故此書亦得采擷。

此書微旨，似可以其『佐久間象山説五樂』條概括：『一門知禮義，骨肉無釁隙，一樂也；取予不苟，廉潔自養，内無愧於妻孥，外無怍於民衆，二樂也；講明聖學，心知大道，隨時安義，處險如夷，三樂也；以西人（案：此指中國人）理窟啓發後生，而知古聖賢未識之理，四樂也；東洋之道德，西洋之藝術，不遺精粗，兼該表裏，因以澤民物、報國恩，五樂也。』蓋以漢學爲體，洋學爲用也。

附：

村山德淳《新世語叙》

元禄中，服部南郭先生著《大東世語》，葺古人逸事遺聞，體例一仿劉氏《世説》，所録大抵風流閒話，以資騷人墨客之抵掌而已，於身心修治之益或乏焉。然古人佳言奇行，依此書而傳，則亦不可廢也。近日友人大田子德有《新世語》之編，蓋仿南郭先生之書，而其意則大有徑庭矣。夫多識前言往行以畜其德，學者先務也，然徵諸古人之遠，孰若徵諸近人之尤切身心。於是慶、元以來迄慶應，達人傑士之嘉言懿行可師承者，旁搜博采，筆以國字，便乎誦習。披覽之際，俾少年子弟有所感發興起，而不負《新世語》之名也。噫！其用心可謂勤矣。印刷已成，因題詹言，諗讀此編者。

明治二十五年四月上浣，拙軒學人村山德淳譔。

大田成之《新世語序》

昔人效顰學行，而取笑者有矣。夫人非其性、非其質，而徒羡慕歆尚，摹擬仿效，則不能必得其實，而陷迷塗入邪路者，可指掌而視也矣。抑王臨川之撰《世説》也，膾炙人口，至今猶爲風流之宗也。我邦服部南郭，實好古之士，而有深慕此舉者，故纂輯本邦之奇談偉事，摹仿此書，以著《大東世語》。文政年間，角田九華亦效以録《近世叢語》，不入邪路，要可謂得其旨趣者也矣。余兒才間者撰此書，亦羡王臨川而慕二氏者也，惜其不别門部，從見從録，其言行事迹，往往雜出，故讀者非細心熟閲，深思精窮，則不能遽得其要領也矣。此書所記，則二百數十年間言行之奇偉，事迹之俊邁，實足驚目感心者多矣。然徒據兒才之言，而不一見其書，則其效顰學行，而果不陷迷塗、不入邪路，余未能知其如何也矣。余老未知，耄殆乎及，自歎之不暇，焉能望助兒才之舉乎哉？昨郵筒來託，因綴此言付急遞以與兒才云。

明治廿五年春分之後七日，三河晴齋道人大田成之以文撰。

石川英《新世語跋》

自臨川王撰《世説》，世之嗜古好學者，無不諷習以爲清談之資，爾來《語林》《言行録》之類，陸續並出，其益世裨學蓋亦大矣。本邦此種甚尠，獨服元喬《大東世語》類之，其他《畸人傳》《名節録》《玉石雜誌》《偉人傳》等，僅僅不過數部，而事實鸁鹵，裁録一斑而已。彼磊磊軒天地者，或之沈没無聞，可不慨哉！大田子德著《新世語》，攟摭殘編古墳及口碑所傳，搜索賢人奇士烈婦義僕鉅迹，雖一事一話，苟關世教者，務裒録之，闡深探微，備極精覈。而行文雅潔，去彩刷飾，專用白描之法，顧學歐九紀傳，雜以邦語者歟？蓋其曾祖錦城先生，以專經之儒傍善詩文，祖父晴軒先生又有青冰之譽。余多年受晴軒先生之教，距今三十餘年，憶先生高談大笑，恍猶在眼也。今又見子德，其聲容文辭自似先生，而其所著，亦繼先生遺意者歟？古人曰：博學詳説，聖訓攸先，修辭立誠，蓄德之源。子德此舉，亦從聖訓而蓄德者，田氏後世，應益彰世，不堪嘉尚以述一言弁之。

明治二十五年春三月，鴻齋居士石川英撰。

新世語

大田才次郎著

頼山陽心を史學に潜む

頼山陽幼にして鋭敏なり、嶄然として頭角を見はせり、年十三の時に、父の春水、祗役して[illegible]江戸に在り、山陽乃ち詩を作りて之れに寄せり、幕府の儒官柴野栗山、之を見て大に歎賞[illegible]を加へて[illegible]子あり、之をして實材たらしめす、乃ち詞人たらしめんと欲するや、宜[illegible]史を讀ましむへし、而して史は通鑑綱目より始めよと、たま〳〵薩藩の[illegible]學赤崎元禮國に歸るに臨み、廣島を過きて之を説けり、山陽感奮して日々綱目を讀み、[illegible]然れとも[illegible]治亂の大勢を記するのみ、審法發明等は之を讀むを欲せす、栗山聞きてま[illegible]りと云ふ、山陽史家を以て名を後世に垂る、此を見て其素あるを知るへきなり。

君平の放達

蒲生君平下野の古河に在りし時、夏夜客と倶に飲む、酒酣なる時に、君平起ちて厠にゆき

和刻

一、元禄七年刊《世説新語補》二十卷

【著録】《增益書籍目録大全》《新撰書籍目録》《德川時代出版者出版物集覽》

《世説新語補》之有和刻本，以此版爲始。卷首依次爲王世貞嘉靖丙辰（一五五六）序（蔡拱日書）、王世懋萬曆庚辰（一五八〇）序及萬曆乙酉（一五八五）識語、陳文燭萬曆丙戌（一五八六）序、舊序二首（劉應登、袁褧）、舊題一首舊跋二首（高似孫《緯略》、董弅、陸游）、《何氏語林》舊序二首（文徵明、陸師道）、凡例十則、附釋名、目録，卷末載王泰亨萬曆乙酉題後。内文標題作『李卓吾批點世説新語補』，題下作『宋劉義慶撰、梁劉孝標注、宋劉辰翁批、明何良俊增、王世貞删定、王世懋批釋、李贄批點、張文柱校注』。自王世貞將劉義慶《世説新

語》與何良俊《語林》增删合併爲《世説新語補》，最早有萬曆十三年（一五八五）刊本，無李贄批語。其後有萬曆十四年（王重民《中國善本書提要》以爲萬曆末年）刊本，增加李贄批語，書名亦易爲《李卓吾批點世説新語補》。今以萬曆十四年福建建陽余碧泉刊本核對，元禄本即以此爲底本。

此書卷末載『元禄七年甲戌八月之吉京東洞院通夷川上町林九兵衛梓行』語，案林九兵衛（？—一七一一），名義端，字九成，從學於伊藤仁齋（一六二七—一七〇五）之門，並與其子伊藤東涯（一六七〇—一七三六）、梅宇（一六八三—一七四五）兄弟過從甚密，且爲德山藩第三代藩主毛利元次（一六六八—一七一九）文學圈人物，乃京都元禄、寶永年間著名儒商。其書店以『文會堂』爲名，伊藤東涯曾應其請爲撰《文會堂記》，蓋取《論語》『以文會友，以友輔仁』之訓，不僅刻書鬻書，且編書著書，『其所爲出乎爲學，則文化之下及，可推而知……林蓋業鬻書且好學』（《紹述先生文集》卷五）。井上和雄《慶長以來書賈集覽》列舉文會堂刊書十八種代表著中，其本人自編自著者達十四種，故列爲京都『漢學』著述家。寬政十二年（一八〇〇）所刊池永豹《日本諸家人物誌》列其名於『儒家部』。文化九年（一八一二）刊杉野恒《典籍作者便覽》亦列其名於『儒家之部』。林九兵衛熟稔《世説新語補》，寫於元禄戊寅（一六九八）之《搏桑名賢文集序》自稱：『僕姿禀凡庸，有嗜書癖，遂改業入書林。雖效陶朱公之迹，

李卓吾批點世說新語補凡例十則

一是書選次悉從瑯琊原本第瑯琊止録正文而註未及也今以次補入

原本惟録正文故已見世說註中而語林複載者什不下二三竝以入選失檢矣今刪之

一劉氏原註可稱詳備何氏致多訛闕想出一人之手獨智難周耳今特讐校遺者補之訛者正之

批點世說補凡例　一

萬曆十四年福建建陽余碧泉刊本《李卓吾批點世說新語補》

竊希高文通之賢。』陶朱公即范蠡，善於計算，形容其經商，而高文通句則用《世説新語補·德行上》典故，以『仁義遜讓』解鄰里『争財』之鬥，突出其文化追求。

《世説新語補》在江户時代之流行，與書籍出版之推動密不可分，尤以林義端功不可没。元禄版《世説新語補》乃其嚆矢，彼時荻生徂徠尚無影響，此書之刊行，可謂得風氣之先，並奠定其後流行之基礎。義端於正德元年逝世後，第二代林九兵衛繼續其事業，先後刊行岡白駒《世説新語補觿》（寬延二年，一七四九）、桃井源藏《世説新語補考》（寶曆十二年，一七六二）、釋大典《世説鈔撮》（寶曆十三年，一七六三）、《世説鈔撮補》（明和九年，一七七二）、平賀房父《世説新語補索解》（安永三年，一七七四）、大江德卿等《世説誤字誤讀訂正》（安永三年）、柚木綿山《世説新語補系譜》（天明五年，一七八五），共計七種『《世説》學』著作。此外，又於安永八年（一七七九）刊行《校正改刻李卓吾批點世説新語補》，其後又刊行釋大典等校正《世説新語補》。《慶長以來書賈集覽》將林九兵衛書肆營業活動起訖定於元禄至安永年間（一六八八—一七八一），實則可下延至天明（一七八一—一七八九）。又林九兵衛亦具組織功能，元禄版《世説新語補》爲其獨家出版，後常聯合其他書肆共同刊行相關著作（即『相合版』），在京都者如風月莊左衛門、林權兵衛、田原勘兵衛、梶川七良兵衛、柏屋喜兵衛、林伊兵衛、菱屋孫兵衛、須原茂兵衛、須原平左衛門，大坂者如淺野彌兵衛，江户者如前川六左衛門。上述諸書兼由風月莊左衛門、林權兵衛出版者六種，田原勘兵衛出版者三種。故即便在林九兵衛歇業後，其他書肆亦能繼之，如寬政六年（一七九四）刊行之釋大典《世説鈔撮集成》，即由京都之武村嘉兵衛、林權兵衛、林伊兵衛、風月莊左衛門及東都之須原伊八諸書肆刊行。又文化十三年（一八一六）刊行之恩田仲任《世説音釋》，雖由尾張書肆東壁堂梓行，却聯合江户之前川六左衛門，大坂之松村九兵衛，京都之風月莊左衛門、越後屋清太郎、大文字屋卯兵衛、林權兵衛共同發行，此乃三都（京都、大坂、江户）加尾張（愛知縣）『相合版』之變形，即『尾張版三都賣留』。片野東四郎（一七四一—一七九五）即永樂屋東四郎，姓片野，名直郷，號東壁（璧）堂，其書肆永樂屋專門出版尾張藩儒、藩士著作，秦士鉉《世説箋本》亦由其出版，且同樣於『三都賣留』。又據文政五年（一八二二）《尾藩書肆東壁堂藏版目録》，有秦士鉉《今世説》四册，實即秦氏校點清人王晫之著，享和三年（一八〇三）由片野東四郎刊行。江户時代書林出版熱衷於『《世説》學』著作，追溯其源，實肇始於京都初代林九兵衛。

元禄版以建陽余氏刊本爲底本，而建陽自宋以來即號爲『圖書之府』，以量多質劣聞名於世，訛誤甚夥，有所謂『麻沙本』之貶稱，故余氏刊本之誤亦不勝其數，並爲元禄版全部承繼，後人更改者不一而足。在安永己亥（一七七九）校正改刻本刊行前，日本諸家《世説補》考釋之著每有校正，而如大江德卿等《世説誤字誤讀訂正》、金龍敬雄之《世説訂正附録》，則專就元禄版正誤。中井履軒《世説新語補雕題》亦以元禄版爲底本，直接校改於上。尤需指出者，元禄本亦有中國學者爲之校正，此即乾隆二十七年（一七六二）刊茂清書屋藏版之《重訂世説新語補》。據補訂重刊者黄汝琳《序》稱：『余囊家東瀛，時與諸同人游，聆其隨風欬唾，往往雋永超絶。間窺諸書，大都粉本《世説》，亦嘗購諸枕中，以爲論衡一助。逮于役燕冀，簿書相對，無暇清談。移疾以來，復取之庋閣，時一展翫。而舊本漫漶，焉烏亥豕，不可勝摘，乃思重爲校訂，以付剞劂。』《序》末署『乾隆二十有七年壬午上元日，崇明黄汝琳砥崖氏書於金閶津西之七桂樓』。由此可知，其所謂『舊本』即購於東瀛之元禄版。黄汝琳，字砥崖，生平不詳。據乾隆二十二年訂補重刊之《宣化府志》卷二十一『西路通判』下載：『黄汝琳，江蘇崇明人，乾隆二十年任。』改訂此書之時，黄氏已致仕居金閶，故其後人亦落籍長洲（今蘇州）。據《揚州畫苑録》卷三云：『（黄）恩長字奕載，號蒼雅，長洲縣人，上谷太守砥崖先生孫也，其詩文得外舅王光禄西莊指授。』又民國二十二年修《吴縣志》卷第七十五下《列傳·藝術二》引《墨香居畫識》：『黄恩長字奕載，號蒼雅，長洲人，永平知府砥崖之孫也，其詩文得外舅王鳴盛指授。』可知黄汝琳曾任上谷太守、永平知府，與其《序》中所云『于役燕冀』相合，序末鈐蓋兩印，其一即爲『上谷同守』。此亦中日書籍交流史上罕爲人知之事，值得表彰。

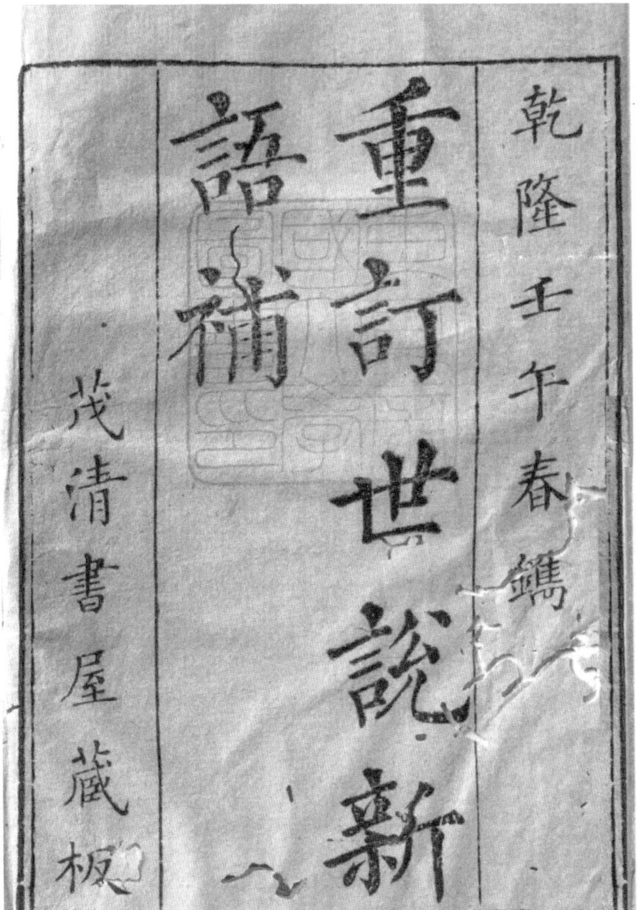

乾隆二十七年刊茂清書屋藏板之《重訂世説新語補》内封

附：

黄汝琳《重訂世説新語補序》

宋董廣川論《世説新語》向多重複，得晏元獻公手自校本，盡去其重，注亦小加剪截，最爲善本。然字有譌舛，語有難解，則不敢妄下雌黄，姑亦傳疑，以竢通博。當明世廟時，吾吴袁氏所刊，謂是家藏放翁校本，大約不離廣川所稱者近是。此雖非《世説》之濫觴，然無改匡廬面目也。自琅玡氏以何元朗《語林》續之，或者刻之爲《世説新語補》，而於臨川原本，則又從而删之，此殆如取摩詰冬景割蕉加梅，冬則冬矣，然非摩詰意也。客有論《世説補》者曰：不若以《世説》還《世説》，《語林》還《語林》，合之兩傷，何如離之兩美。韙哉斯言！雖然，《世説》緯書也，非經書也，國史明乎是非得失，故當擇焉而精，語焉而詳，至於譚天雕龍，摛華掞藻，單詞奥義，雋旨微言，以供潁埽而助麈談，青蓮白鳳，吐啖騰鋩，有沉博絶麗之觀，則雖以叢書冠《世説》，繁露足《語林》，尚恨其少也。王氏特以其意例相近而合之耳，且其成本行世，後生耳食久矣，何必故爲異同哉？余囊家東瀛，時與諸同人游，聆其隨風欬唾，往往雋永超絶。間窺諸書，大都粉本《世説》，亦嘗購諸枕中，以爲論衡一助。逮于役燕冀，簿書相對，無暇清談。

移疾以來，復取之庋閣，時一展翫。而舊本漫漶，焉烏亥豕，不可勝摘，乃思重爲校訂，以付剞劂。於是臨川原本爲王氏所删者十有二三，遂精審其尤要者，重爲補入，新舊注之煩芿者汰之，劉氏、王氏以下箋評之諦當者采之，務使夜光不遺而魚目不混，蓋向之《世説新語補》，删《世説》而以《語林》補之也，今之《重訂世説新語補》，補王氏之删《世説》也。仍王氏之名，溯臨川之舊，而亦不廢元朗之補，庶亦可云兩美必合。其間去重複而加剪裁，則於廣川所云，又竊取之矣。方今文運昌隆，風雅振興，綴文之士，羅星宿而貫珠璣，則於是書也，可以爲珊瑚木難、牛溲馬勃之需乎？家置一編，亦不無助於江氏筆花、李家舌本矣。其或俊逸有餘而不軌於正，義類不衷而徒飾於文，間附鄙意，綴以瑣言。雖竹林而下雅不欲以繩尺臧否，然人倫忠厚之遺，諒亦世之君子所樂聞而不笑爲拘迂也，所亟欲就正於斌郁之林矣。是役也，丹黄甲乙，束於時日，吾友顧廣文壽峰實有將伯之功焉。刻成，序之如此。乾隆二十有七年壬午上元日，崇明黄汝琳砥崖氏書於金閶津西之七桂樓。

元禄七年刊《世説新語補》封面

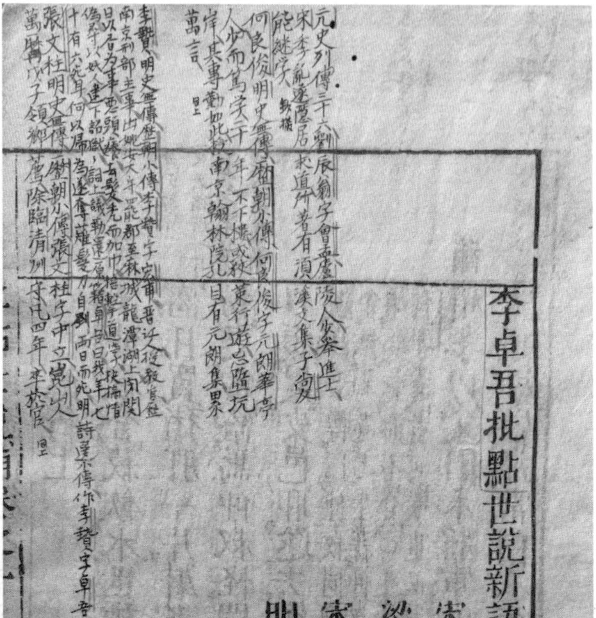

李卓吾批點世説新語補卷之一

宋　劉義慶　撰

梁　劉孝標　注

宋　劉辰翁　批

明　何良俊　增

王世貞　刪定

王世懋　批釋

李　贄　批點

張文柱　校注

元禄七年刊《世説新語補》

二、安永己亥《校正改刻李卓吾批點世説新語補》二十卷

【著録】《德川時代出版者出版物集覽》《享保以後江户出版書目》

自元禄版《世説新語補》問世，推動此書在日本之流行。惟其刊刻粗糙，錯謬甚多，遂引發後人不斷校改，安永版之出現，題名加上『校正改刻』，正適應此種需求，上距元禄版已有八十五年。安永版卷末有守山碕允明《重刻世説新語補跋》，主旨在極力表彰騰龍源公校正此本之功績，所謂『讎校自務，蒐閲數本而改正之，瑋判珪合，研覆不遺，遂藏而爲定本』，其本人亦『預而鑽厲焉』。所謂『騰龍源公』，乃當時守山藩（今福島縣郡山市）第三代藩主松平賴亮（一七四四—一八〇一），寶曆十三年（一七六三）繼位。松平氏出自清河源氏，故可尊稱爲源公。守山藩第二代藩主松平賴寛（一七〇三—一七六三），素有好學之名，嘗輯《論語徵集覽》，闡發徂徠學。又建立藩校養老館，招攬碩學，教育子弟。其子賴亮亦有心效仿，以博『好文』之名，其校改《世説新語補》，即有此意。碕允明即户崎淡園（一七二四—一八〇六），名允明，字哲

夫，號淡園。早年入『蘐園八子』之一平野金華（一六八八—一七三二）門，學徂徠古文辭，信奉其宗旨。後仕爲守山藩儒臣，爲藩校養老館教授，教育藩士子弟。其本人亦著有《世説解》，著録於《近代著述目録後編》《近世漢學者著述目録大成》等，惜已不存。享和元年（一八〇一）松平賴亮歿，允明亦致仕，專事著述。故安永八年撰寫跋文之際，正值松平賴亮任藩主之時，難免阿諛奉承之辭。依其文意，《世説補》之有定本，其功盡在騰龍源公一人，實則未必。

據大典禪師天明二年（一七八二）所撰《世説匡謬序》，所謂『騰龍源公定本』，其成書乃一曲折過程。《世説新語補》之版權，原屬京都林九兵衛，元禄版之多誤，亦頗自覺，故有意再刻。明和年間，松平賴亮方繼任藩主，即欲新刊《世説新語補》以爲府中藏版，此舉違反書林舊規，故二代林九兵衛向官府告狀，判林氏以守山侯之命刊新本。林氏以守山侯無善本，先倩瀧鶴臺（一七〇九—一七七三）校正，僅完成首卷而身故。繼而請大典禪師與其門人田君孝以元禄版爲底本，『逐一校正授梓』。既成，林氏以呈侯，乃横生異端，往往朱抹點竄使改鎸』。林氏『畏縮權勢，不敢不從』，遂『因侯所改竄削嵌補鎸成本，題曰「騰龍源公定本，觀濤閣藏」』，此即安永本之由來。而大典禪師與田君孝校訂本，僅在其後『印出數十部，姑藏而置之』。大典爲此甚爲不平：『余方外人，豈以雕蟲技相争衡耶？唯是君孝校考之功十居七八，盡遇勦奪而没名矣。顧《世説》風雅之書，致如此尷尬，可歎哉！』雖爲激憤之言，容或有情緒左右，然事實經過當大致不差，此亦江户出版史上權力控制商業之一例。

故此書雖由林九兵衛刊行，但未敢有版權標識，卷末僅有碕允明之跋，使人以爲出自騰龍源公。凡經眼安永版《校正改刻李卓吾批點世説新語補》數種，一例如此。中嶋隆《林文會堂義端年譜稿》（下）於安永八年下云：『正月，改刻《世説新語補》並出版。』且録版權文字『元禄七年甲戌八月吉日/安永八年己亥正月吉日再刻/京東洞院通夷川上ル町/林九兵衛梓行』，並説明其依據爲早稻田大學圖書館藏本（《國文學研究》八六號，一九八五年六月）。今查早大圖書館土岐文庫（編號文庫17/W210/1）藏《校正改刻李卓吾批點世説新語補》二十卷，卷末亦僅有碕允明跋，無上述版權文字。然歷史亦不失公正，後人記録皆以此版刊行歸功於林九兵衛，如《慶長以來書賈集覽》《德川時代出版者出版物集覽》《享保以後江户出版書目》等。

此書刊行後頗具影响，天保初刊《世説箋本》、文化年間刊《世説講義》皆包含《世説補》原文（前者又包含其注釋），凡經安永本改正之文，十之八九皆爲其吸收，可知此後藩校教育之會讀講授，已改用安永本。

林九兵衛之營業至天明年間而終，此書於文政元年（一八一八）又有新印本，由菱屋孫兵衛印，乃據安永版重印，十册三帙，今藏日本佐賀縣圖書館。菱屋孫兵衛乃藤井氏五車樓，位於京都御幸町通御池下ル東側，開業時間自天明至明治年間。

附：

户崎允明《重刻世説新語補跋》

臨川王之《世説》，已得孝標之注，愈玅也。世貞補之，亦妙哉。小美既鍥之豫章以還，諸刻稍多，而李老批評本最行於海之内外云。我公夙爲癖，特傷屢經剞劂，終屬孟浪，乃讎校自務，蒐閲數本而改正之，璋判珪合，研覆不遺，遂藏而爲定本，允明預而鑽厲焉。今兹鍥之刻已成，公曰：此舉也，奚足以復卯金氏之舊政，且也至孝標删約之要，博覽之裁，都非夫後世注家苟摘要於子書，或洽取類於雜家稗史，而浩瀚以爲譸張比，遂知其混混然洋洋然，難果逢其原矣。不無以遺憾，但竢於博通之備證已。乃使允明記其言於卷末云。公，騰龍源公也。

皇和安永己亥正月守山碕允明謹撰。

安永己亥《校正改刻李卓吾批點世說新語補》封面

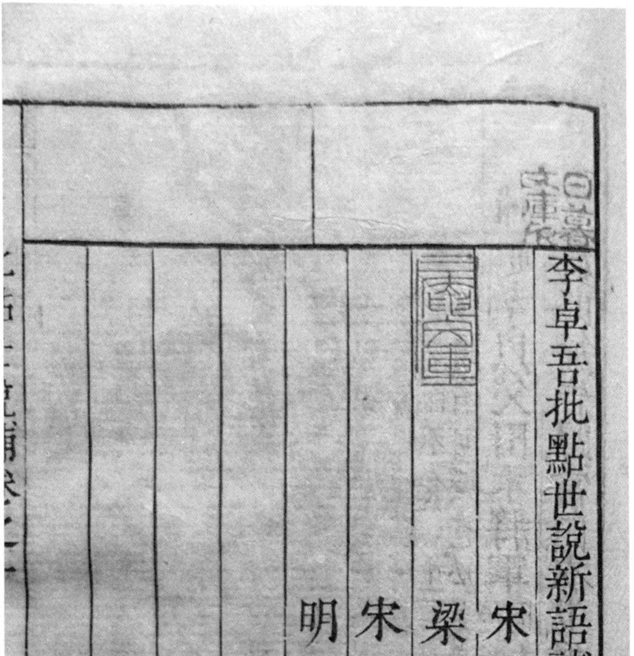
李卓吾批點世説新語補卷之一
宋　劉義慶　撰
梁　劉孝標　注
宋　劉辰翁　批
明　何良俊　增
王世貞　刪定
王世懋　批釋
李　贄　批點
張文柱　校注

安永己亥《校正改刻李卓吾批點世説新語補》卷首

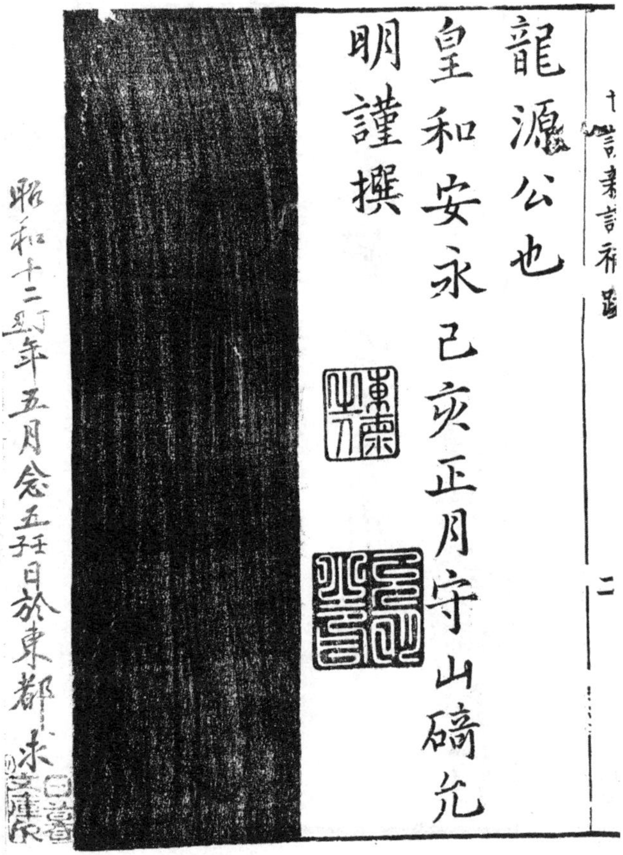

安永己亥《校正改刻李卓吾批點世説新語補》被塗改版權頁

褌ケ䙲ヤ郎ダ何氏歸メ忠臣ニ而臨川稱ニ冢ニ
嫡ト可也是歲乙酉春三月既望瑯
琊王泰亨識ス

元祿七年甲戌八月之吉
京東洞院通夷川上町
林九兵衛梓行

元禄七年刊《世說新語補》版權頁

未見

一、堯恕親王《世説便考》

【著録】《國書總目録》《江户漢學書目》

堯恕親王（一六四〇—一六九五），名完敏，字體素，號逸堂，後水尾天皇第十子。天台宗僧人，妙法院第三十四世。精通天台宗教義，講演天台宗經典、傳記等，且精通詩文、繪畫、花道等。其《逸堂座主日次記》起於寛文三年（一六六三），訖於元禄八年（一六九五），爲了解當時社會文化之絶佳史料。著有《智者大師别傳新解》《五部大乘經捷徑録》《法苑珠林捷徑》《僧傳排韻》《逸堂集》等。《世説便考》爲寫本一册，今藏妙法院。妙法院位於京都市東山區，乃天台宗寺院，延曆年間（七八二—八〇六）由最澄開創，原在比叡山，慶長十九年（一六一四）移寺照高院至今。三十三間堂亦屬之，藏有大量國寶及重要文化財産。

此書未見著録。

二、金龍敬雄《世説補注》

金龍敬雄（一七一二—一七八二），傳見《世説誤字誤讀訂正》序録。此書爲寫本二册，二〇一六年十一月浙江大學舉辦佛學研究國際研討會，期間承日本國際佛教學大學院大學落合俊典先生於電腦中見示，乃以日語爲之。可惜驚鴻一瞥，便失之交臂，未能詳考。今藏京都府宇治市興聖寺，該寺爲曹洞宗寺，山號佛德山。天福元年（一二三三）由道元開山，爲日本最早之禪寺，其初在深草之極樂院，慶安二年（一六四九）由永井尚政移建於此，其中興之祖爲萬安英種。與越前永平寺、加賀大乘寺、能登總持寺、肥後大慈寺合稱『曹洞五禪林』。

三、釋大典《世説人氏世系圖》

【著録】《漢學者傳記及著述集覽》《新纂禪籍目録》《國書總目録》《江户漢學書目》

釋大典（一七一九—一八〇一），傳見《世説鈔撮》序録。有關《世説新語補》所涉人物世系，另有柚木綿山之《世説新語補系譜》。此書一册，稿本，現藏京都相國寺慈雲庵。

四、本居宣長《世説聞書》

【著録】《古典籍總合目録》《江户漢學書目》

本居宣長（一七三〇—一八〇一），舊姓小津，幼名富之助，其後恢復先祖之性，號芝蘭、春庵、鈴屋，通稱健藏，伊勢人。初從堀景山學儒學，又從學於契冲，知悉荻生徂徠、太宰春臺著作，從事古典學研究，後入賀茂真淵之門，專究國學，尤以對《源氏物語》《古事記》最爲專精，闡發日本固有之『古道』，揭示日本國文學本質爲『物哀』。著有《石上私淑言》《紫文要領》《古事記傳》《馭戎慨言》等，有《本居宣長全集》二十卷，《別集》三卷。享和元年歿，享年七十二歲。《世説聞書》三册，稿本，今藏本居宣長紀念館，位於三重縣松阪市，與本居宣長故居相鄰。

五、村上忠順《世説摘語》

【著録】《國書總目録》

村上忠順（一八一二—一八八四），初名賢次，字承卿，号蓬廬，生於三河（愛知縣）刈谷藩醫之家，後仕於藩主，進講和漢之學。有《古事記標註》《河藻歌集》《標註新葉和歌集》等。明治十七年歿，享年七十三歲。村上爲著名藏書家，其兩萬五千餘册書，皆藏於刈谷市立圖書館村上文庫。《世説摘語》一册，稿本，今亦藏於刈谷市立圖書館。

六、津良師世古著，平信尚子絅校《世説集成》

【著録】《國書總目録》《江户漢學書目》

津良師世古、平信尚子絅生平俱不詳。此書一册，寫本，今藏岡山縣備前市正宗文庫。

七、佚名《世説國字解》

【著録】《國書總目録》《江户漢學書目》

此書作者不詳。穗積以貫有同名書，僅三册，此書七册，當爲同名異書。寫本，今藏刈谷市立圖書館。

八、佚名《世説解》二卷

【著録】《國書總目録》《江户漢學書目》

此書作者不詳。高峰東晙、户崎淡園皆有《世説解》，與此爲同名異書。寫本，今藏德島縣立圖書館。

九、佚名《世説記》

【著録】《國書總目録》《江户漢學書目》

此書作者不詳。内容或爲語彙詮解，二册，稿本，今藏静嘉堂文庫。

一〇、佚名《世説通》

【著録】《國書總目録》《江户漢學書目》

此書作者不詳，一册，寫本，今藏長澤規矩也『學書言志軒』。

存目文獻

注釋

一、佚名《世説問答》

【著録】《日本國見在書目録》

二、佚名《世説問録》

【著録】《日本國見在書目録》

以上二書乃公元九世紀前著作，當爲日本人最早之《世説新語》注。惜未見流傳，無從詳論。案《日本國見在書目録》雖主要著録中國書，然亦間有日本人著作。類似佚名注本尚有《注詩髓腦》一卷、《文儀集注》一卷、《注詩品》三卷、《新注王勃集》十四卷、《注策林》廿卷、

《注續詩苑英華集》廿卷等，其中《王勃集》爲別集，《文儀集》《策林》《續詩苑英華集》爲總集，《詩髓腦》《詩品》爲詩文評，皆當由平安時代日本人所注。故《世説新語》之有注，亦非偶然。

三、紀長谷雄、三善清行《世説私記》

此書未見著録。

《江談抄》載：『《世説一卷私記》者，紀家、善家相共被釋累代難義之書也。』可知其撰者有二，『紀家』指紀長谷雄（八四五—九一二），因其父祈願於大和國長谷寺而生，故名長谷雄，字紀寬，中文名紀發昭（超），通稱紀納言。貞範之子，貞觀十八年（八七六）文章生，歷任圖書頭、文章博士、大學頭、中納言等職，進講《漢書》《文選》《群書治要》等。都良香（八三四—八七九）弟子，又從學於菅原道真（八四五—九〇三）。長於詩文，每爲醍醐天皇起草詔敕，參撰《延喜格》，有詩文集《紀家集》（存殘卷）。原定爲寬平六年（八九四）遣唐副使（正使爲菅原道真），後因故終止。其子紀淑望（?—九一九）曾爲《古今和歌集》撰真名序。菅原道真嘗讀《世説》，《菅家文草》即有詩題云始讀《世説新書》者，道真去世前曾將其《菅家後集》（即《西府新詩》）寄贈長谷雄，故紀氏亦熟悉菅原氏作品，其熟悉《世説新語》亦在情理之中。又『善家』指三善清行（八四七—九一九），字三耀。師事巨勢文雄（八二四—八九二），歷任文章博士、大學頭、式部大輔等職，晚年榮進參議兼宮内卿。優於詩文，著有《圓珍和尚傳》《藤原保則傳》《善家秘記》等。《世説私記》專釋《世説》一書疑難之處，《江談抄》曾加以引用云：『《文選》所言「麝食柏而馨」，李善以爲難義，而件書引《集注本草》文明件事。以之謂之，兩家之博覽，殆勝李善歟？』案：『麝食柏而馨』爲嵇康《養生論》句，今本李善注實有所釋。蓋善注有初注、復注、三注、四注之不同，隨時爲人傳寫（參見李匡乂《資暇集》卷上『非五臣』條），故傳入日本而爲紀、善兩家所讀者當非最後定本。然《私記》能引陶弘景《神農本草經集注》以釋，亦可謂博學。惜全書已佚，不得詳考。據《日本國見在書目録》著録，同類著作又有《劉希夷集私記》一卷、《私記》（或爲《白氏文集私記》，文集名從下省）一卷，亦當爲日本人所撰。

四、岡白駒《世説海潮音》四卷

【著録】《近代著述目録》《近世漢學者著述目録大成》《國書總目録》《江户漢學書目》

岡白駒（一六九二—一七六七），傳見《世説新語補觿》序録。

五、片岡如圭《世説解難》八卷

【著録】《近世漢學者著述目録大成》《漢學者傳記及著述集覽》《國書總目録》《江户漢學書目》

片岡如圭，名基成，字平甫，號如圭，通稱吉二郎、平助，京都人。從學於新井白蛾（一七一四—一七九二），以《易》學稱。天明年間（一七八一—一七八九）逝世，享年六十餘歲。著有《易術便蒙》一卷、《易術手引草》一卷、《易術妙鏡》一卷、《易術傳》十卷、《易學啓蒙解》

五卷、《易林圖解》二卷、《周易解》五卷等。

六、户崎淡園《世説解》

【著録】《近代著述目録後編》《近世漢學者著述目録大成》《漢學者傳記及著述集覽》《國書總目録》《江户漢學書目》

户崎淡園（一七二四—一八〇六），傳見安永己亥《校正改刻李卓吾批點世説新語補序録》。

七、山本日下《世説新語補解》二卷

【著録】《近世漢學者著述目録大成》《國書總目録》《江户漢學書目》

山本日下（一七二五—一七八八），名鸞，字文翼，號日下，通稱仙藏，土土佐（今高知縣）人。初從富永惟安（?—一七五二）學闇齋之學，後從西依成齋（一七〇二—一七九七）學。安永元年（一七七二）開設家塾名教館，私淑徂徠學風。著有《論語私考》五卷、《孟子説》一卷、《左傳説》一卷、《日下詩集》二卷等。此書或與其教學有關，則當成於安永元年之後。

八、澤田鹿鳴《世説通》

【著録】《近世漢學者著述目録大成》《國書總目録》《江户漢學書目》

澤田鹿鳴（一七二六—一七七九），名永世，字君孝，號鹿鳴，别號田山人，通稱庄藏，伊勢（今三重縣）人。二十五歲時於京都從西依成齋學，又從學於大典禪師。晚年喜老莊，歸隱家鄉。著有《漢書通》《鹿鳴詩文集》等。此書雖未能流傳至今，然釋大典《世説鈔撮補》保存其門人『君孝』注《世説》一百零四則，《世説匡謬》亦存其校語若干，當即此書之遺。大典《北禪詩草》卷一《送稚明之南勢兼寄秋卿、君孝》題下自注云：『君孝名永世，姓田，伊勢度會人。』可知『君孝』亦即澤田鹿鳴。

九、古屋愛日齋《世説説》

【著録】《近世漢學者著述目録大成》《國書總目録》《江户漢學書目》

古屋愛日齋（一七三一—一七九八），名鼎，字公餗，號愛日齋，通稱鼎助。師事秋山玉山（一七〇二—一七六三），信奉徂徠學。仕熊本藩，寶曆（一七五一—一七六四）中任藩校時習館助教，後爲近侍監、侍講。博覽群書，用心細密，長於詩文，著有《論語説》五卷、《孝經説》一卷、《愛日齋隨筆》五卷等。此書或當其身爲時習館助教時撰。

一〇、横尾紫洋《世説新語小解》（一作《世説新語補解》）四卷

【著録】《近代著述目録續編》《近世漢學者著述目録大成》《漢學者傳記及著述集覽》《國書總目録》《江户漢學書目》

橫尾紫洋（一七三四—一七八四），名道質，字孟纂，號紫洋，通稱文輔。嘗從瀧鶴臺（一七〇九—一七七三）受儒學。鶴臺傳徂徠學，與服部南郭爲友，故亦重視《世說》，曾校正《世說新語補》，僅成首卷而身歿。紫洋素有尊王之志，在京都爲關白九條家侍講，後遵藩命回歸肥前佐賀藩，天明四年觸犯藩法，獲判死刑。著有《紫洋書話》一卷、《紫洋詩稿》一卷等。

一一、岡野石城《世説集解》四卷

【著録】《近世漢學者著述目録大成》《漢學者傳記及著述集覽》《國書總目録》《江户漢學書目》

岡野石城（一七四五—一八三〇），名元韶，字叔儀，號石城、赤城，通稱内藏、内藏太，信州（今長野縣）人。初從松代藩儒菊池南陽修程朱之學，後捨舊學歸徂徠學，仕松代藩，任教於藩學稽古所及私塾翠篁館。著有《論語徵補義》五卷、《尚書纂説》六卷、《詩經纂説》十卷、《石城詩文集》八卷等。此書當爲教學而撰。

一二、野崎藤橋《世説絶倒》

【著録】《近代著述目録續編》《近世漢學者著述目録大成》《國書總目録》

野崎藤橋（一七六六—一八二八），名雍，字黎民，號藤橋（一作藤橋），通稱謙藏、源造（藏），甲斐（今山梨縣）人。從學於皆川淇園（一七三五—一八〇七）之門，後爲鳥取藩儒。著有《作文柱礎》四卷、《左傳晰義》三卷、《孟子晰義》一卷、《大道類語》一卷、《手簡裁製》一卷、《軍機弁蹟》等。淇園嘗撰《世説啓微》二卷，此書亦見其師門學術淵源。

一三、三村崑山《世説新語補雕題》十册

【著録】《近世漢學者著述目録大成》《國書總目録》《江户漢學書目》

三村崑山（一七六二—一八二五），名其原，字子達，號崑山，别號玉來居，通稱貞藏，大

坂人。中井履軒（一七三二—一八一七）門人。自少時喜書隨筆類笑話，文化五年（一八〇八）編集漢文笑話集《花間笑語》。中井履軒有《世説雕題》十卷，此書亦可見其師門學術淵源。

一四、東條一堂《世説新語補標箋》

【著録】《近世漢學者著述目録大成》《漢學者傳記及著述集覽》《國書總目録》《江户漢學書目》

東條一堂（一七七八—一八五七），名弘，字子毅，號一堂、瑶谷間人，通稱文藏，上總（今千葉縣）人。幼有大志，赴京都師事皆川淇園，後歸江户教授學徒，與朝川善庵（一七八一—一八四九）、佐藤一齋（一七七二—一八五九）、亀田綾瀬（一七七八—一八五三）、尾藤二洲（一七四七—一八一四）等名儒相交友。其學排斥宋學，宗尚古注，以考據爲基礎發揮原典之意。文化（一八〇四—一八一八）初年，任弘前藩校稽古館督學，不久辭歸江户，開塾教授，諸侯師事者衆。著述甚多，有《論語知言》十卷、《孟子知言》七卷、《荀子箋注》《列子箋注》《歐蘇手簡標識》等。身爲淇園弟子，此書亦有師門學術淵源。

一五、結城確所《世説弁髦》

【著録】《近世漢學者著述目録大成》《國書總目録》《江户漢學書目》

結城確所，名潛，字子龍，號確所、飛洲，通稱主計、常右衛門，出羽（今山形縣、秋田縣）人。嘗從學於皆川淇園。文化七年（一八一〇）仕長門府（豊浦）藩儒，於藩校敬業館教授諸生。著有《確所集》。確所亦淇園弟子，此書或爲教學而撰，又有師門傳統。

一六、宮原蔀山《世説增注》十卷

【著録】《近世漢學者著述目録大成》《國書總目録》《江户漢學書目》

宫原蔀山（一七八四—一八四九），名嚴，又名詮胤，字莊叔，號蔀山，通稱玄叔，備後（今廣島縣）福山人。從學於菅茶山（一七四八—一八二七）之門，後爲備後儒醫。

一七、宫本篁村《世説諸注糺失》

【著録】《近世漢學者著述目録大成》《國書總目録》《江户漢學書目》

宫本篁村（一七八八—一八三八），名鉉，字士鉉、伯鼎、孟鼎，號篁村，通稱鼎吉，常陸（今茨城縣）潮來人。從學於山本北山（一七五二—一八一二），後爲仙臺之儒。

考　訂

一、福島松江《世説私考》一卷

【著録】《近世漢學者著述目録大成》《漢學者傳記及著述集覽》《國書總目録》《江户漢學書目》

福島松江（一七一二—一七七二），名興正，字子幹，號松江，通稱茂左衛門，江户（今東京）人。從學於服部南郭（一六八三—一七五九）之門，繼其父之後仕矢田侯，因事致仕。寛延元年（一七四八）爲美濃（今岐阜縣）岩村藩儒官，講説於藩校知新館，後進爲該藩參政。著有《絶句解考證》二卷、《絶句解拾遺考證》三卷、《松江詩集》四卷、《松江文集》六卷、《松江遺稿》六卷等。此書以外，又有《世語類備》八卷，著録於《近代著述目録續編》《近代著述目録後編》《漢學者傳記及著述集覽》等，不審與《世説》有無關係。

二、恩田蕙樓《世説訂疑》一卷

【著録】《蕙樓先生著述目録》《近代著述目録後編》《近世漢學者著述目録大成》《漢學者傳記及著述集覽》《國書總目録》《江户漢學書目》

恩田蕙樓（一七四三—一八一三），傳見《世説音釋》序録。此書最初見録於《蕙樓先生著述目録》，附載於文化十三年刊本《世説音釋》卷末。該目録乃其門人於蕙樓身後編纂，略云：『先生著述不止此矣。檢其遺稿，或目存稿逸，或書成未名，或功半未成。今舉其全者列於左，他日或得逸者，亦從録之。』可知此書已完成，惜未見流傳。

三、岡本况齋《世説注引用書目》一卷

【著録】《近世漢學者著述目録大成》《漢學者傳記及著述集覽》《國書總目録》

岡本況齋（一七九七—一八七八），本姓若林，名保孝，字子戒，號況齋、拙誠堂、戒得居士，通稱勘右衛門、縫殿助。初從清水浜臣（一七七六—一八二四）學國學，後從狩谷棭齋（一七七五—一八三五）、日尾荊山（一七八九—一八五九）學漢學。明治初年任昌平黌中博士，後於編輯寮從事語彙編輯。著名藏書家，學兼和漢，尤長於考證。著《況齋隨筆》二十册、《況齋叢書》百六十種（與《隨筆》有重複者）。

仿作

一、大田南畝《假名世説後編》

【著録】《杏花園蜀山先生著述目録》

大田南畝（一七四九—一八二三），傳見《假名世説》序録。此書見録於《杏花園蜀山先生著述目録》，附載於文政八年版《假名世説》卷末，云『初編有遺漏者加以補訂』。案大田生前《假名世説》尚未完稿，乃由文寶堂散木補訂，故《後編》必未成稿。

和刻

一、釋大典校正《世説新語補》

【著録】《近代著述目録》《漢學者傳記及著述集覽》

釋大典（一七一九—一八〇一），傳見《世説鈔撮》序録。案此書曾於安永末、天明初刊印數十部，其間曲折詳見大典禪師《世説匡謬序》（參見本書《世説匡謬》序録附録）。

參考文獻

一、著作類

（一）日本

《東藻會彙·地名箋》，秋野鳩谷著，東都須原屋伊，安永八年（一七七九）重刊本

《日本諸家人物誌》，南山道人纂述，利涉堂，寬政十二年（一八〇〇）刊

《先哲叢談》，原念齋著，江戸書林慶元堂、擁萬堂，文化十三年（一八一六）版

《杏花園蜀山先生著述目録》（《假名世説》附），東都書肆，文政八年（一八二五）刊

《先哲叢談後編》，琴臺東條著，文政十二年（一八二九）版

《日本續人物誌》，青柳文藏著，東都須原屋茂兵衛，天保三年（一八三二）刊，中村萬喜直衛天保十年（一八三九）抄本

《市島文庫和漢書目録》，明治三十年（一八九七）本，早稻田大學圖書館藏

《天童文庫藏書目録》，漆山天童手稿本，早稻田大學圖書館藏

《漆山天童藏書目録》，漆山天童手稿本，早稻田大學圖書館藏

《近世漢學者著述目録大成》，関儀一郎、関義直編，井田書店，一九四三年版

《高峰東晙撰述目録》，伊藤東慎著《黄龍遺韻》本，日本京都建仁寺兩足院（非賣品），一九五七年版

《新纂禪籍目録》，駒澤大學圖書館編，一九六二年版

《增益書籍目録大全》，丸屋源兵衛，元禄九年（一六九六）刊，寶永六年（一七〇九）、正德五年（一七一五）增修，慶應義塾大學附屬斯道文庫編《江户時代書林出版書籍目録集成》本，井上書房，一九六三年版

《新撰書籍目録》，京都永田調兵衛，享保十四年（一七二九）修、寶曆四年（一七五四）增修，《江户時代書林出版書籍目録集成》本

《新增書籍目録》，京都永田調兵衛，寶曆四年（一七五四）刊，《江户時代書林出版書籍目録集成》本

《大增書籍目録》，武村新兵衛，明和九年（一七七二）刊，《江户時代書林出版書籍目録集成》本

《增訂慶長以來書賈集覽》，井上和雄編，坂本宗子增訂，高尾書店，一九一六年初版，一九七〇年增訂版

《漢學者傳記及著述集覽》，小川貫道編，名著刊行會，一九七〇年版

《德川時代出版者出版物集覽》，矢島玄亮著，德川時代出版者出版物集覽刊行會，一九七六年版

《德川時代出版者出版物集覽續編》，矢島玄亮著，萬葉堂書店，一九七六年版

《日本近世文苑の研究》，宗政五十緒著，未來社，一九七七年版

《書籍目録作者寄》（通稱《仙鶴堂書目》），鶴屋喜右衛門，明和六年（一七六九）前初編，天明二、三年間（一七八二—一七八三）增補，森銑三、中島理壽編《近世著述目録集成》本，勉誠社，一九七八年版

《典籍作者便覽》，杉野恒編，文化九年（一八一二）序，《近世著述目録集成》本
《近代著述目録》（一作《本朝諸名家著述目録》），堤朝風原輯，英平吉補定，江戸書肆西村源六，文化九年（一八一二）刊，天保七年（一八三六）增補，《近世著述目録集成》本
《近代著述目録續編》（一作《近世名家著述目録續編》），江戸書肆和泉屋金右衛門，天保四年（一八三三），《近世著述目録集成》本
《近代著述目録後編》，東條琴臺原輯，里見敦補校，天保十三年（一八四二）初編，明治元年（一八六八）補定，《近世著述目録集成》本
《讀書會意》，澁井太室著，関儀一郎編《日本儒林叢書》本，鳳出版，一九七八年版
《橘窗茶話》，雨森芳洲著，長澤規矩也、阿部隆一編《日本隨筆大成》本，汲古書院，一九七九年版
《漢語文典叢書》，吉川幸次郎、户川芳郎編，汲古書院，一九八〇年版
《江户時代の出版と人》，彌吉光長著，日外アソシエ—ツ，一九八〇年版
《松江藩學芸史の研究·漢學篇》，佐野正巳著，明治書院，一九八一年版
《世説新語と六朝文學》，大矢根文次郎著，早稲田大學出版部，一九八三年版
《荻生徂徠年譜考》，平石直昭著，平凡社，一九八四年版
《金華稿刪》，平野金華著，《詩集日本漢詩》第四卷，汲古書院，一九八五年版
《日本漢文學大事典》，近藤春雄著，明治書院，一九八五年版
《徂徠集》，荻生徂徠著，富士川英郎、松下忠、佐野正巳編《詩集日本漢詩》第三卷，汲古書院，一九八六年版

《北禪詩草》，釋大典著，《詩集日本漢詩》第六卷，汲古書院，一九八六年版
《春臺先生紫芝園稿》，《近世儒家文集集成》第六卷，ぺりかん社，一九八六年版
《江户幕府刊行物》，福井保著，雄松堂出版，一九八七年版
《紹述先生文集》，伊藤東涯著，《近世儒家文集集成》第四卷，ぺりかん社，一九八八年版
《古典籍總合目録》，岩波書店，一九九〇年版
《和學者總覽》，國學院大學日本文化研究所編，汲古書院，一九九〇年版
《享保以後江户出版書目》（新訂版），朝倉治彦、大和博幸編，臨川書店，一九九三年版
《古本系江談抄注解》（補訂版），江談抄研究會編，武藏書院，一九九三年版
《國書總目録》，岩波書店，一九九四年版
《東壁堂藏版目録》，文政五年（一八二二）寫本，岸雅裕《尾張の書林と出版》翻刻，青裳堂書店，一九九九年版
《尾張の書林と出版》，岸雅裕著，青裳堂書店，一九九九年版
《東壁堂製本目録》，藤園堂藏，明治十四年（一八八一）訂正，《尾張の書林と出版》翻刻本
《江户時代尾州書林書肆別出版書目集覽》，岸雅裕著，見《尾張の書林と出版》
《江户時代の図書流通》，長友千代治著，思文閣出版，二〇〇二年版
《江户漢學書目》，岡野康幸、町泉壽郎編，二松學舍大學21世紀COEプログラム，二〇〇六年版
《江户明治漢詩文目録》，新井洋子、町泉壽郎編，二松學舍大學21世紀COEプログラム，二〇〇六年版

《改訂增補漢文學者總覽》，長澤規矩也監修，長澤孝三編，汲古書院，二〇一一年版
《関西大學泊園文庫自筆稿本目録稿》（甲部），吾妻重二編，関西大學アジア文化研究センター，二〇一二年版
《書籍流通史料論・序説》，鈴木俊幸著，勉誠出版，二〇一二年版
《江户の讀書会：会讀の思想史》，前田勉著，平凡社，二〇一二年版
《会讀と讀者》，横田冬彦著，平凡社，二〇一五年版
《日本古印刷文化史》（新裝版），木宮泰彦著，吉川弘文館，二〇一六年版
《日本古代史地名事典》，加藤謙吉等編，雄山閣，二〇一八年版

（二）中國

《訂訛雜録》，胡鳴玉著，文淵閣《四庫全書》本，台灣商務印書館版
《直齋書録解題》，陳振孫撰，上海古籍出版社，一九八七年版
《世説新語詞典》，張萬起編，商務印書館，一九九三年版
《世説新語鼓吹》，凌濛初撰，魏同賢、安平秋主編《凌濛初全集》第七卷，鳳凰出版社，二〇一〇年版
《世説新語校釋》，龔斌撰，上海古籍出版社，二〇一一年版
《日本國見在書目録詳考》，孫猛著，上海古籍出版社，二〇一五年版
《世説新語大辭典》，張永言榮譽主編，蔣宗許、陳默、蔣信、傅娜編著，上海古籍出版社，二〇一五年版
《天爵堂筆餘》，薛岡著，沈乃文主編《明別集叢刊》第五輯本，黄山書社，二〇一六年版

《世説新語彙校彙注彙評》，周興陸輯注，鳳凰出版社，二〇一七年版

《日本世説新語注釋集成》，張伯偉編著，鳳凰出版社，二〇一九年版

二、論文類

（一）日文

《江戸時代における世説研究の一面——建仁寺高峰和尚の研究をめぐつて——》，川勝義雄，載《東方學》第二十輯，一九六〇年

《角田九華の『続近世叢語』をめぐって》，賴惟勤，載《文學》第三十三期，岩波書店，一九六五年十月

《林文會堂義端年譜稿》（上），中嶋隆，載《國文學研究》八五號，一九八五年三月

《林文會堂義端年譜稿》（下），中嶋隆，載《國文學研究》八六號，一九八五年六月

《『本朝世説』の基礎的研究と本文》，本間洋一，載《同志社女子大學學術研究年報》第五十六卷，二〇〇五年

《高峰東晙の學績》，住吉朋彦，載《文學》第十二卷第五期，岩波書店，二〇一一年九月

《和刻本『世説新語補』の書入三種》，稲田篤信，載二松學舍大學《日本漢文學研究》第八號，二〇一三年

（二）中文

《從『大谷文庫』看中國古典小說的東傳與回流》，張本義，載《日本研究》一九九九年第三期

後記

去年夏天，我編著的《日本世説新語注釋集成》印出，鳳凰出版社建議我將其中的解題部分裁出單行。我很感念他們的好意，但總覺得如此簡單處理似乎有點愧對讀者，經過通盤考慮，決定製作成目前樣式的一本書。本書除了對已有的解題作損益修改外，還增加了日文注釋本、仿作本以及和刻本的序録。同時，對存目文獻也盡可能尋覓其蛛絲馬迹，以供讀者參考。原先的設想，是能將有關日本《世説》學的文獻，以一個較爲完整的面貌呈現給學術界。

然而在呈現給大家的這本書中，却仍有十種文獻是聞其名而未見其貌的。這些文獻，大多收藏在日本的寺院、私家機構甚至個人手中，因而長期以來，它們都處於『養在深閨人未識』的狀態。原本打算今年上半年親赴日本查訪，即便無緣一一入眼，自信總能再看到幾種。然而一場新冠疫情席捲全球，至今未有消歇，並且還無法預料何時才能恢復正常狀態，因此，只得將這批文獻冠以『未見』之目，並將藏書之所詳細寫出，或許對有心且有緣之人不失按圖索驥之用。

序録寫作是一件愉快的事，在此過程中充滿了發現的喜悦：小到一個人名字號的確認，某一著作出版時間的勘定，大到出版史上的權力運作，或沉埋已久的書籍交流故事的浮現。此外，如服部家族的《世説》學，京都林九兵衛與《世説》出版，佛教各派僧人對《世説》的興趣，等等，雖然在序録中皆有涉及，但限於體例，終究無法展開。所以，看來有必要在既成的『二書』之外再寫一書——《日本〈世説〉學研究》。惟世事難料，未必盡如人意。姑預告於此，聊作他日之券。

在庚子年到來之前，我曾擬就一副對聯：『春來春去皆堪喜，雲聚雲飛任自然。』而到來之後的庚子年，似乎也天生注定了某種無常。記得星雲大師有次和我們説：佛教講無常，由好變壞是一種無常，由壞變好也是一種無常。領悟到這個道理，在順境中固然不宜趾高气揚，在困境中則更要能鼓足勇氣。而現在，正是需要我們鼓足勇氣的時候。

二〇二〇年八月十七日於百一硯齋